rowohlt

Thorsten Becker

Die Besänftigung

Roman

Rowohlt

Dieses Buch entstand mit freundlicher Unterstützung des Goethe-Instituts Inter Nationes im Rahmen der Deutschen Festspiele in Indien 2000/2001

1. Auflage März 2003 – *Copyright © 2003 by Rowohlt Verlag GmbH, Reinbek bei Hamburg – Lektorat Thomas Überhoff – Alle Rechte vorbehalten – Satz Aldus PostScript, PageMaker bei Pinkuin Satz und Datentechnik, Berlin – Druck und Bindung Clausen & Bosse, Leck – Printed in Germany – ISBN 3 498 00619 3*

Die Besänftigung

I

Eigentlich hätte großes Bohei und Hallo sein sollen in der Kneipe, denn den Mahuts war am Vormittag von der Tempelverwaltung der Monatslohn ausbezahlt worden. Daß wir der Tageszeit, zu welcher die Ausgabe der Geldbündel an die Elefantenhüter erfolgte, Erwähnung tun, spielt schon auf das Lokaltypische und Landesübliche an, wie es einschlägig ist in die Vorkommnisse, die im folgenden dem geneigten Leser zu Gemüte gebracht werden sollen. Der im westlichen Süden Indiens zwischen dem 13. und dem 8. Grad nördlicher Breite an den Gestaden des Arabischen Meeres, welche den Geographen unter dem Namen «Malabarküste» bekannt sind, sich entlangstreckende, Karnataka und Tamilland benachbarte Bundesstaat Kerala bildet die Szenerie unserer schlichten Erzählung, und zu seinen Besonderheiten gehört, daß die Sperrstunde für sämtliche Etablissements, welche sich im Besitz der Lizenz zum Ausschank stimulierender Getränke befinden, auf die frühabendliche zehnte festgesetzt ist.

Das von der Regierung zum Schutz von Nachtruhe und Volksgesundheit erlassene und von den Betreibern und Bediensteten der zahllosen Bars und Spelunken äußerst rigide implementierte Gesetz hat in der Praxis des Lebens zu seiner hauptsächlichen Folge jedoch lediglich, daß die Rauschsüchtigen und Schnapsnasen im Hinblick auf die Erreichung des Zieles am hellichten Tage bereits damit beginnen, ihrer lästerlichen Gewohnheit zu frönen. Dies also der Umstand, welchem die wohlmeinende Verwaltung des Krischna-Tempels zu Guruvayur Rechnung trug, indem sie den unter schweren Entbehrungen und Gefahren arbeitenden Führern und Pflegern ihres überaus stattlichen, nicht weniger als siebenundachtzig Rüssel zählenden Bestands an göttlichen Viertonnern am Zahltag die Gelegenheit bot, früh genug an den Start gehen zu können, um sich einen gründlichen und in jeder Hinsicht vollständige Distraktion leistenden Rausch anzusaufen.

Es fällt demnach nicht sonderlich schwer, sich eine Vorstellung davon zu machen, wie es gemeinhin an jenem Feiertag der Mahuts, dem letzten Montag des Monats, in ihrem Stammlokal zuging. An diesem aber, den wir ausgewählt haben, uns ihnen und ihrer Welt zuzugesellen, verhielt es sich gänzlich gegen Gewohnheit und Usus. Waren sonst die hundertstimmige Kakophonie des kehlig-klackenden Malayalalam, Schulterklopfen, Rempeln und Prosten, das Grölen von Elefantenliedern und das Reißen der allerderbsten Zoten an ihrer Ordnung, so herrschte diesmal beklemmende Stille im Raum, die Kellner traten vorsichtig auf und hoben die Gläser mit der äußersten Behutsamkeit von ihren Tabletts, um nicht durch ein Klirren das monotone Schnurren der an der Decke schraubenden Ventilatoren zu stören.

Der Himmel hatte sein grau-milchiges Morgengewand aus Wolkentüll noch nicht abgelegt, welches er in jenen Strichen während der Winter genannten, obwohl wenig winterlich anmutenden Jahreszeit nicht selten bis in den Nachmittag anbehält, bevor er sich entschließt, in seinem hell-heiteren Tagesblau zu erstrahlen. So ließen auch die Kokospalmen von ihren aschgrauen Stengeln die Riesenblätter, in denen kein Lüftchen sich regte, um an ihren Fransen zu nesteln, matt und tiefgrün herabhängen und machten keineswegs den Eindruck, als ob sie geneigt seien, sich an irgendeiner Art von Werken oder Treiben beteiligt zu zeigen.

Die drinnen im Schankraum kümmerte nicht das Erscheinungsbild von Himmel und Palmen, denn der Saal war abgedunkelt zur Höhle, nur von wenigen schwachglimmenden Glühbirnen erleuchtet, wohl auch um dem staatlichen Verbot nächtlichen Trinkens illusionshalber zu trotzen. Selbst Psandaran, der quelläugige Obermahut, der, zu der kegelförmigen Warze auf seinem Nasenrücken und der zipfeligen Gestalt seiner Oberlippe passend, «Rhino» zu seinem Spitznamen hatte und in dem Ruf stand, ein unüberbietbarer Sprücheklopfer und ein unverbesserliches Lästermaul zu sein, welcher auch für gewöhnlich durch Spendierfreudigkeit seine unverderbliche Wohlgelauntheit ins Allgemeine zu verbreitern verstand, starrte wortlos und gedankenschwer mit hängendem Kinn auf den Spiegel des mit Soda verdünnten Whiskys in dem Glas, das seine wurstfingrige Rechte in krampfhafter Umklammerung hielt.

Angenommen, der Leser wäre nicht an der Hand unserer Erzählung, sondern auf eigene Faust hineingeraten in diese Stimmung, was ja als Zufall auf einer Vergnügungsreise leicht zu erdenken, es hätte ihn, von etwaiger Unkenntnis der malayalamischen Sprache einmal abgesehen, gewiß Stunden gekostet, in Erfahrung bringen zu wollen, was denn nun eigentlich der Grund war für die allseitige Niedergedrücktheit und Trauer.

Die Sache war die, daß am Abend des voraufgegangenen Sonntags in Pattambi, einem in der Umgebung gelegenen Städtchen, bei einem Ezhunnallippu, einem Fest mit Elefantenparade, welches bemerkenswerterweise von der muslimischen Gemeinde des Ortes zur feierlichen Begehung des Fastenbrechens ausgerichtet worden war, wobei man sich nicht gescheut, die Mietkosten für insgesamt sechzig aus nah und fern herbeigekarrte Bullen zu verausgaben, unter dem Minarett der Moschee beim endlosen Herumstehen in Reih und Glied hinter den Hüpfenden und Musizierenden eines der Tiere urplötzlich seine Contenance aufgegeben und ohne jede sichtliche Veranlassung den Mahut seines Nachbarn attackiert hatte. Subrata war sein Name gewesen, Airavatam der des ihm gehorchenden Riesen, den er in vollständiger Ahnungslosigkeit beim Stoßzahn gehalten, gleichzeitig dabei sich stützend und seinen Kopf daran lehnend, denn er war seit früh auf den Beinen gewesen, und das Einförmige des Schepperns und Trötens hatte ihn zusätzlich schläfrig gemacht.

So hatte er dösend gestanden und den kühlenden Luftzug unter dem fächelnden Ohre Airavatams genossen, als ohne vorwarnendes Zeichen der Rüssel des neben dem seinen plazierten Elefanten ihn im Nacken packte und zu Boden riß. Kaum eine Sekunde hatte der gute Subrata gehabt, das überraschende Geschehnis einzuordnen in die übrigen Vorgänge seines, dem Umgang mit den geliebten und bewunderten, den größten und stärksten Dienern des Menschen gewidmeten Lebens, da war dasselbe auch schon ausgehaucht, denn der Fuß von Puschpadantan – so hieß der Übelwollende – zerquetschte im nächsten Moment seinen Brustkasten, wie ein böses Kind eine Pappschachtel zertritt.

Während Airavatam wenig mitleidsvoll seinen Rüssel schnuppernd über den Leichnam seines Herrschers führte und mit einem breiten Grinsen seine Genugtuung über das vorzeitige Ende des Peinigers kundtat, schwang der rasende Puschpadantan den seinigen über den Kopf, angelte hinter seinen Ohren damit nach dem dort befindlichen Reiter und lud sich dessen Körper auf seine mächtige elfenbeinerne Gabel. Hier rollte und walkte er ihn noch ein wenig, ganz als sei seines Vorhabens, sich den Bissen mundgerechter zu formen. Doch besann er sich der vegetarischen Vorschriften seiner Diät, packte den Festteilnehmer, welcher sich so jäh aus seiner stolzen Pose im Rikkasthanam, wie die malayalamische Elefantenkundigkeit den Reitsitz bezeichnet, in die allerpeinvollste Lage versetzt finden mußte, schüttelte ihn kräftig in alle Richtungen, wobei dessen Dhoti sich löste, in den der zu Tode Erschrockene defäkiert, was denn zu Puschpadantans Ekel beigetragen haben mochte, und schleuderte ihn mitten in das Orchester.

Der solcherart von elefantischem Zorn Mißhandelte fand sein Bewußtsein wieder am folgenden Morgen im staatlichen Hospital, wo er neben dem Trommler erwachte, der ihm bei seiner Landung als Polster gedient, und lief schon wenige Wochen darauf wieder bei bester Beweglichkeit seiner Glieder durch Felder und Straßen; nur, daß er sich für den Rest seines Lebens eine ausgesprochene Scheu vor den säulenbeinigen Monstern bewahrte und, wenn wieder ein Ezhunnallippu auf dem Programm stand, seine Verwandten in Chennai besuchte und nicht nach Pattambi zurückkam, bevor der Wind die letzte Dünstung des tonnenweise auf dem Weg der Parade verteilten Elefantendungs fortgeweht hatte. Bleiben wir aber noch für einen Augenblick an dem Ort, wo Subratas Verhängnis sich zutrug. Wir vergaßen zu sagen, daß es die Aufgabe jenes von Puschpadantan so unsanft zum Absitzen gezwungenen Menschen gewesen, das Thidambu zu halten. Selbiges ist eine etwa mannshohe, mit tausend glitzernden Messingteilchen verzierte, längliche, oben gerundete Tafel, welche über dessen Kopf das von der Stirn, zwischen den Augen hindurch, die Vorderseite des Rüssels hinunter die Front des Elefanten schmückende und ebenfalls aus Messing gewirkte Nettipattam verlängert. Dies Thidambu war dem Mann selbstredend gleich bei dem müßigen Versuch, mit seinen dürren Ärmchen sich aus dem Kobragriff des Rüssels zu lösen, entglitten.

Als jener schon zwischen den Musikern lag und die Seele Subratas eben dabei war, sich nach einer ihrem Karma entsprechenden Neuinkarnation umzutun, befanden sich auf Puschpadantans melonenförmig gebogenem Rücken noch drei in verständlicher Panik begriffene Personen. Gewißlich hätte sich eine jede von ihnen nach Entwicklung der Dinge lieber auf den Mond oder in den Wipfel einer Palme gewünscht, dennoch durften sie von ihrer Lage als einer vergleichsweise glücklichen reden, da der Koller Puschpadantan in einer jener Phasen angekommen war, während derer sie saßen, und nicht innerhalb eines der Intervalle, wo sie auf dem Elefantenrücken zu stehen und nach dem Takt der Musik die ihnen zugeteilten Requisiten zu schwenken hatten. Getreu den Vorschriften von Ritual und Zeremoniell hockte nach der gewaltsamen Entfernung des Thidambu mitsamt seinem Träger zuvörderst nun der Halter der Thara, das heißt, des buntfarbenen Sonnenschirms am langen, schweren Holzstab. Kurz erwog der Betroffene, dies Instrument als Waffe zu brauchen, es Puschpadantan in das empfindliche Marmam in dessen Hinterkopfe zu rammen, um den polternden Koloß auf diese Manier Mores zu lehren, zog es jedoch vor, den hinderlichen Ballast hinunter in die Menge zu werfen. Dem Beispiel schloß hinter ihm der Schwinger der Wedel sich an, und schwupp! schwupp! flatterten auch die beiden Venchamarams wie aufgeschreckte Hühner hinab. Das Aalavattam, der kreisrunde und mit Pfauenfedern geschmückte Schild, welche in Verantwortung des zuhinterst

Sitzenden war, machte, weniger spektakulär, seinen Abgang über die Schräge von Puschpadantans eingefallenem Hintern.

Von unten riet man ihm zu, dieser zuverlässigen Rutschbahn nicht allein das Gerät, sondern ebenso den eigenen Leib anzuvertrauen, doch suchte er gleich seinen Vordermännern die Rettung anders, nämlich indem er, sich vorbeugend, die Brust an den Berg von Puschpadantans Fleisch preßte und die Hände in eine aus dessen stachliger Haut herausgehobene Falte verkrallte. So mahnte das aus der Kontrolle geratene Tier mit dem auf seinem Rücken verbliebenen Trio an Szenen, wie wir sie aus dem Rodeo kennen, und es machten sich die Beobachtenden gefaßt, als nächstes zu sehen, wie Puschpadantan mit wilden Sprüngen und Verrenkungen sich seiner übrigen Besteiger entledigen würde.

Indessen blieb er regungslos, und er hätte im übrigen, wo er sich nach der Art jener Mustangs und Stiere aufgeführt, auch die Behauptungen der Zoologen Lügen gestraft, von welchen wir lernen, daß der Elefant zwar allerhand kann, nicht aber zugleich mehr als zwei seiner Beine vom Boden erheben. Nein, Puschpadantan schien, nachdem er Subrata zertrampelt und dem Thidambisten Flügel geliehen, die Ruhe in Person. Er stand nun außer der Reihe quer zu der von den restlichen neunundfünfzig Genossen seiner Art mit messingprunkenden Stirnen gebildeten Phalanx und ließ unschlüssig, oder vielleicht auch schon wieder gelangweilt, den Rüssel zwischen den Stoßzähnen baumeln.

Wo, zum Himmel, bleibt bei alledem sein Mahut?!

Das ist die Frage, die wir uns schon seit einigem stellen und nur vor lauter Geschehen und Aufregung noch nicht herauszubringen vermochten. Eben dies Verwunderliche war es, dem offenbar auch Puschpadantan in seinem schweren

Elefantenhirn nachzudenken versuchte, als sein blutig gerötetes Auge die sauber geordnete Riege seiner Brüder entlangglitt und sein getrübter, ungläubiger Blick bei der von ihm selbst gerissenen Lücke haften blieb.

Der Maßnahmen der seit seiner Einrichtung im Jahre 1957 kommunistisch geführten Regierung des indischen Bundesstaates Kerala, welche auf die Eindämmung des Alkoholmißbrauches zielen, wurde eingangs schon Erwähnung getan, und vielleicht vermehrt sich bei seinen Bürgern sowohl als auch bei seinen Besuchern und Gästen das Verständnis für jene von den marxistischen Staatslenkern noch weit energischer betriebene Bekämpfung des Tabakkonsums, wenn wir vernehmen, was Sachi, den Mahut, oder, um es gut malayalamisch zu sagen, den Chattakaren Puschpadantans, veranlassen konnte, in solch eklatanter und folgenschwerer Weise seine Pflicht zu versäumen. Sagen wir es nur kurz und unverblümt heraus: Er war losgegangen, sich Zigaretten zu holen!

Schon hören wir die Entschuldigungen, wie sie auch von den Mahuts in ihrer Kneipe, zu denen wir alsbald zurückkehren wollen, vorgebracht wurden, als nach stundenlangem Schweigen endlich doch die Gespräche in Gang kamen, dergestalt, die Nikotinsucht sei genau wie die Schwäche für den Schnaps als eine unvermeidliche Berufskrankheit der Elefantenwärter aufzufassen und ergo Sachi daraus kein Vorwurf zu machen. Nun, zugegeben, Subrata, dem Sachis Abhängigkeit von dem blauen Dunst schlußendlich zum Verhängnis geworden, war selbst ein starker Raucher gewesen, und es brachte seine Frau, als sie das Foto für die Todesanzeige im *Mathrubhumi* heraussuchen sollte, in nicht geringe Verlegenheit, daß ihr Gatte, wie sich herausstellte, seit seiner Kindheit sich nicht mehr ohne einen Glimmstengel zwischen den Lippen hatte ablichten lassen, aber man wird diesen Umstand doch nicht ernsthaft zur Entlastung des Missetäters heranziehen wollen!

Der Leser merkt schon, es wären hier die umfänglichsten Erörterungen zum Thema Schuld und Sühne an ihrem Platze, dennoch mag er verzeihen, wenn wir von derlei Theoretisierungen abstehen und uns begnügen zu konstatieren, was davon Resultat wurde in der bitterspröden Realität, wozu nur ein einziges Wort nötig ist, welches da lautet: Nichts. Ein Zur-Rechenschaft-Ziehen, ein sorgfältiges Abwägen des zugehörigen Maßes an Strafe sowie deren Vollstreckung, all dies hatte nicht statt. Sachis Fahrlässigkeit blieb ebenso ungesühnt wie Puschpadantans tödlicher Tritt. Hinzu jedoch muß gesagt sein, daß dies Ausbleiben eines gerichtlichen Nachspiels für den Teil der Erdenbevölkerung, der unter der anhaltenden Wirkung römischer Rechtsvorstellungen steht, wie auch für die Anhänger der Scharia in ihren verschiedensten Schulen bei weitem skandalöser sich darstellt als für die unmittelbaren Augenzeugen des Vorfalls und für die Angehörigen des Opfers. Ihnen stand fest, daß Puschpadantan wie Sachi durch das Karma, welches die böse Tat ihnen auflud, sich bereits selber gerichtet und daß sie der Vergeltung durch entsprechende Nachteile bei ihrer nächsten Wiedergeburt mit keinerlei List oder sonstigem Hilfsmittel ausweichen konnten.

Was nun Sachi anging, so hatte er sich zum Behuf des Erwerbs einer jener dottergelben, parteirot beschrifteten Schachteln seiner bevorzugten Marke Gold Flake (Honey Dew) von seinem Posten nicht nur bis zum nächsten Händler entfernt, er war auch noch stehengeblieben, um sich gleich an Ort und Stelle an dem entbehrten Nervengifte zu laben und einen kurzen Plausch mit dem Verkäufer zu halten. Behäbigst hatte er, nachdem er dem Mann für das Übrige der Festivalsaison einen guten Schnitt gewünscht und dann etwas wie, daß sie nach seinem Geschmack gerne schon dreimal vorüber sein könnte, in seinen Bart gemurmelt, seine Latschen wieder in die Richtung von Puschpadantans Standplatz geschoben.

Der Leser möchte das Kaltblütige seiner Reaktion auf das, was während seiner Abwesenheit passiert und was er, zu spät leider, aber dennoch vollständig mit einem einzigen Blick erfaßte, nicht verwechseln mit Herzlosigkeit. Vielmehr offenbarte sich hierin, man muß es nennen dürfen, ohne damit im geringsten das Schlimme und Fatale seiner Pflichtvergessenheit abmindern zu wollen, eine hohe Tugend, die ihn mehr als andere zu seinem Beruf qualifizierte.

«Ich hatte dir doch gesagt, daß du aufpassen sollst», sprach er gelassen zu Gopi, seinem Kavady, der vor Schrecken starr und, kreidebleich nicht zwar, denn solches ließ das ebenholzdunkle Pigment seiner Haut nicht zu, aber doch sehr, sehr blaß wie angewurzelt an dem Fleck stand, wo er vor Sachis Abgang Puschpadantans rechtes Vorderbein bewacht hatte. Der hilflose Junge hielt sich an Cherukol, Valiyakol und Thotti, daß es aussah, als seien Stock, Stange und Haken ebenfalls tief im Erdreich verankert. (Um keine Verwirrung zu stiften und die Schuldfrage weiter hintan lassen zu können, sei zu Gopis Persönlichkeit in aller Kürze bemerkt, daß es sich bei ihm um einen Knaben von gerade zwölf Jährchen handelte, der wegen seiner außerordentlichen Geschicklichkeit im Erklettern von Palmen und im Umgang mit dem Vettukathi, das heißt, mit der Machete, bei Puschpadantans Besitzer als Futterschneider angestellt war, mit dem Elefanten aber so gut wie keine Erfahrung und erst recht keine Gewalt über ihn hatte. Denjenigen, die, weil sie nicht anders können, erpicht darauf bleiben, einzelnen Personen Schuld zuzuweisen, sei darüber hinausgehend verraten, daß er sich unter Berufung auf die staatlicherseits betriebene Ächtung des Rauchens wie stets geweigert hatte, seinem vorgesetzten Aanakaren die Zigaretten zu holen. Freilich war diese Attitüde nichts als eine billige Art des Lehrlings, sich gegen den Meister unbotmäßig zu zeigen, gepaart mit der berechtigten Angst, von dem Zigarettenverkäufer im Alter zutreffend geschätzt und abgewiesen zu werden.)

Sachi ließ sich von seinem Gehilfen den langen und den kurzen Stock reichen, so wie auch den mit dem schmerzauslösenden Haken, und sah seinem Gehilfen streng in die Augen.

«Jetzt nimm die Beine in deine Hände», sagte er ruhig, aber nichtsdestoweniger dringlich, «lauf, was du kannst und hol den Doktor Panicker her. Er ist auf der Polizeistation und sitzt beim Inspektor!»

Gopi, sichtbar froh, sich doch noch nützlich machen zu können, flitzte davon. Sachi legte den kurzen Stock weg und drehte sich mit dem langen in seiner Rechten, dem Haken in seiner Linken, zu seinem Elefanten. Der Platz war nun, da sich die von Puschpadantan bewegte Welle der Panik gelegt und das Publikum fliehend sich in sicheren Abstand gebracht, leer und still.

«Irunnana!» Sachis Stimme war so laut und fest, daß noch die Ängstlichsten, die sich ganz hinten versteckt, das Kommando deutlich vernahmen. Auch Puschpadantan hatte es richtig gehört, dachte aber nicht daran zu gehorchen. Dabei hatte Sachi den Befehl so vorbildlich intoniert, daß in der Phalanx ein und das andere Tier Anstalten machte, in die Knie zu sinken und von dem eignen Mahut mit entgegenlautender Order davon abgebracht werden mußte.

Sachi kannte seinen Elefanten gut genug, um dessen Zustand beurteilen zu können, und er war nicht davon ausgegangen, daß Puschpadantan sich auf seinen Ruf hinlegen würde. Zur Überprüfung hatte er das Kommando gegeben und um sicherzugehen, daß, wie er fühlte, der Tag und die Stunde herangerückt waren, denen er so häufig und so ausgiebig vorphilosophiert hatte. Wo es ihm fehlschlug, die Kontrolle über die Animalität zurückzuerobern, mußte er, bevor es Puschpadantan einfallen konnte, seinen Angriff gegen andere Menschen zu lenken, versuchen, dessen Zorn durch die Aufopferung des eigenen Blutes zu kühlen. Im Bewußtsein, daß die Wahrscheinlichkeit dieses Ausgangs nicht sehr gering war, hätte Sachi allzu gerne noch eine letzte Zigarette geraucht, verzichtete aber und kürzte mutig Schritt um Schritt zwischen sich und Puschpadantan den Abstand.

Jedoch kam es zu diesem Äußersten nicht, das Schicksal interessierte sich nicht für Sachis Bereitschaft, mit Subrata zu teilen, denn man hörte schon das Signalhorn des Polizeiautos, in welchem Doktor Panicker, der diensttuende Veterinär, dem Schauplatz zueilte. Für sein vorgeschrittenes Alter bemerkenswert flink, hüpfte der Tierarzt vom Jeep des Inspektors, die Pistole mit dem narkotisierenden Giftpfeil hatte er schon parat. Ein kurzer Blick, den er auf Puschpadantan warf, und ein zweiter, mit Sachi gewechselt, reichten ihm zur Erstellung von Diagnose und Therapie. Panicker stand still, legte an, drückte ab, und im nächsten Moment arbeitete sich das großzügig dosierte Beruhigungsmittel durch die Blutbahnen des kolossalen Patienten.

Noch vergingen Minuten, bis das Serum Puschpadantans Nervenzentrum erreichte. Der Getroffene, jetzt nicht mehr von der Wut und von der Mordlust, sondern vom Schmerz und vom Schrecken getrieben, stürmte los, grad in die Richtung, in der er gestanden, die Hauptstraße von Pattambi hinunter, den vorgesehenen Weg der Parade entlang. So kamen die, welche aus Fenstern, von Balkonen und Dächern und von ähnlich gesicherten Plätzen das Spektakel begutachten durften, doch noch in den Genuß, die drei an Puschpadantans Rücken sich klammernden Reiter um Balance und Leben kämpfen zu sehen, bis die Arznei endlich wirkte und der Elefant taumelnd zu Boden ging, wobei er zu guter Letzt den Stand eines Obsthändlers umwarf.

Dieser Zwischenfall, der den Bewohnern Pattambis dies Ezhunnallippu zur legendären Erinnerung machte, wurde nun in der Schankwirtschaft zu Guruvayur gegenüber dem Busbahnhof, wo die Mahuts, wie wir erwähnten, nach einer ausgedehnten Phase stummer Bedrücktheit endlich ihre Zähne doch auseinanderbekamen, in all seine Facetten zerlegt. Auch in dieser Runde bekümmerte niemanden die Frage, wer im Sinne einer Schuldhaftigkeit für Subratas Tod verantwortlich zu machen wäre, nicht einmal Puthur, ein Aktivist der Partei, der seit Jahr und Tag für die gewerkschaftliche Organisation der Elefantenwärter agitierte, verfiel auf den Gedanken, eine Einschläferung Puschpadantans von Amts wegen zu fordern. Statt dessen startete er eine Kollekte für Subratas Witwe und für seine Waisen, zu welcher die versammelten Mahuts eher symbolische Kontributionen leisteten, denn da der Verblichene wie sie zu den Tempelbeamten gehört hatte, war für die Hinterbliebenen gesorgt.

«Ich habe es Sachi immer gesagt», dröhnte jetzt Rhino, der sich erhoben hatte, in der Art, wie man sie an ihm kannte, mit kräftigem, leicht heiserem Baß durch das Lokal. «Wenn man einmal beim Tempel angestellt ist, dann kündigt man nicht, was auch geschehe.»

Er wischte sich einige hängengebliebene Tropfen Whisky-

Soda aus seinem Schnäuzer und hob seine Hand zu jener Geste, welche den Kellnern wohlbekannt war und ihnen gebot, jedem Mann im Saal unverzüglich einen Drink hinzustellen.

«Dieser kommt von Psandaran», fuhr er fort, als dies besorgt war. «Und ich möchte, daß ihr ihn kippt auf diese unumstößliche Weisheit. Wer dem Tempel dient, dient ihm fürs Leben. Merkt es euch, schreibt es euch hinter die Ohren, habt Sachi vor Augen als warnendes Beispiel. Die privaten Elefantenbesitzer sind krumme Hunde! Samt und sonders, es gibt keine Ausnahme von dieser Regel. Krischna! Wie viele müssen es noch wie unser geliebter Subrata mit ihrem Leben bezahlen, bis jeder, der nur ein Haar aus der Schwanzborste von einem Elefanten versteht, es begriffen hat, daß man diesen reichen Lumpen nicht dienen darf und sie befördern in ihrem schmutzigen Geschäft, es sei um den Preis des eignen Verderbens!»

Die Türen, welche Psandaran hier einrannte, standen weit geöffnet. Ein jeder der versammelten Mahuts wußte sein Liedchen zu singen von solchen Elefantenverleihern, die sich bei passenden und unpassenden Gelegenheiten als die großherzigen Freunde der schwergewichtigen Tiere aufzuspielen pflegten, in Wahrheit aber ohne jede Rücksicht auf die Kreatur ihren Profit aus ihnen herausschlugen und auch die zweibeinigen Betreuer um keinen Deut besser behandelten als die gewinnheckenden Dickhäuter in ihrem Besitz. Ein Geraune und Gemurmel der Zustimmung wurde laut, «Wie wahr!» rief man ihm zu und: «Richtig gesprochen!», auch weil man ihn anfeuern wollte, noch eine Runde zu schmeißen. Tatsächlich animierte Rhino diese Bestätigung aus den Reihen der Allgemeinheit, wenn auch nicht zu einer Wiederholung der Geste, für die man ihn so schätzte, sondern nur zu einer Fortsetzung seiner Rede.

«Puthur!» rief er, «wann endlich bekommen wir die Früchte zu sehen von all den klugen Vorträgen, die du uns hältst? Wie lange sollen wir warten, bis du es deinen Genossen verklickert hast in der Regierung, daß ein Gesetz her muß. Jawohl, ein Gesetz. Ein Gesetz, das diesen Elefantenschindern ein und für allemal verbietet, ihre angeblichen Lieblinge aus lauter Profitgier von einem Festival zum nächsten zu hetzen.»

Puthur wäre nicht Puthur gewesen, hätte er, angesprochen und herausgefordert, diese Gelegenheit, die Wirkkraft seiner Stimme auf die Massen zu proben, an sich vorübergehen lassen.

«Wenn ihr von den Kommunisten verlangt, daß sie euch helfen», konterte er, indem er sich, eine Pose Lenins nachahmend, wie er sie von einem Poster im Parteibüro kannte, vorbeugte und mit den Fingerknöcheln auf die Tischplatte stützte, «dann müßt ihr sie zuallererst einmal wählen! Wir sind schließlich nicht allein in der Regierung.»

Irgend etwas mußte mangelhaft sein an seiner Imitation des Entfesslers der Oktoberrevolution, denn Puthur erntete auf die Saat seiner Worte nicht den erwarteten Sturm der Begeisterung, sondern nur mißmutiges Stöhnen und Zischen. Puthur ließ aber nicht locker und bewies seine Gewandtheit in den Manövern des Klassenkampfs, indem er sich flugs zurückzog aus der fehlgeschlagenen Attacke und sich ohne Übergang auf die Taktik der Defensive verlegte.

«Wer war es denn, der hier in Kerala das Gesetz zum Verbot des Einfangens von Wildelefanten durchgeboxt und den Elfenbeinhandel unter Strafe gestellt hat?» hielt er den Ungläubigen vor und ließ dabei die Finger der erhobenen Hände zum Himmel beziehungsweise zu der fliegenverschmutzten Decke der Kneipe aufragen, welche Geste er dem

Repertoire des Papstes entlehnte, den er als praktizierender Katholik bei gelegentlichen Fernsehübertragungen in seiner Kirche gleichfalls mit Aufmerksamkeit in seinen Aufführungen studierte. Das aber war den innerlich aufgewühlten Mahuts erst recht durchsichtig und gründlich zuwider, was denn auch Puthur nicht verborgen bleiben konnte, als er Zurufe hörte wie: «Maul halten!» und diverse unflätige Aufforderungen, sich zur Entleerung seines Körperinhalts anderer Öffnungen als des Mundes zu bedienen.

Sukumaran war es, ein erfahrener und reifer Mahut, der, bevor er zum Tempel kam, in Dschungelcamps bei der Abrichtung von Elefanten für den Einsatz bei der Holzgewinnung vieles geleistet, welcher die Debatte wieder in den Kreis der engeren Interessen der Anwesenden zurückzuholen verstand.

«Vergeßt nicht», sagte er, und es richteten sich die Ohren ihm mit verstärkter Lauschkraft schon deswegen zu, weil er wesentlich leiser als seine beiden Vorredner sprach und im Gegensatz zu diesen sitzen blieb, während er seine Ausführungen machte. «Vergeßt nicht, daß dieser Puschpadantan kein Kerala-Elefant ist. Die Assam-Elefanten sind häßliche Tiere, ich glaube, es gibt niemanden in diesem Raum, der mir in diesem Punkt widerspricht. Sie haben kurze Beine, ihr Körper ist gedrungen, und sie sehen fast wie Nashörner aus. Jedesmal, wenn die Tempelverwaltung ein solches Tier angekauft oder auch nur von irgendwem einen Assam-Elefanten als Geschenk akzeptiert hat, habe ich dagegen schriftlich protestiert. Man hat mich deswegen sogar als einen Elefanten-Rassisten zu beschimpfen versucht. Nun gut. Immerhin habe ich es durchzusetzen vermocht, daß mir nie die Verantwortung für einen dieser Kurzbeiner aufgehalst wurde. Beileibe will ich es nicht als eine Behauptung oder gar als eine Regel aufstellen, daß jeder Assam-Elefant, gleich ob Bulle, Kuh oder Kalb, falsch und heimtückisch ist. Aber eines sollten wir nach dem Gestrigen in Pattambi und nach vielen anderen Fällen, die ich euch herzählen könnte, allmählich kapieren: Sie passen nicht in diese Gegend. Puthur, der uns weismachen will, die Gesetze zum Schutz von Urwald und Wildtieren seien auf dem Mist der Kommunisten gewachsen, ist in Wahrheit bestens im Bilde, daß dies eine Initiative von Delhi und der Kongreßpartei war. Vom Standpunkt der Ökologie, einer Wissenschaft, von der ich nichts verstehe und deren Namen zu behalten mir schwerfällt, mag das Verbot der Abholzung von Teak und Mahagoni eine sehr löbliche Anordnung gewesen sein, für die Arbeitselefanten und für die Mahuts in Assam war es ohne Zweifel fatal. Wer nun besser weggekommen ist von den beiden, die Elefanten oder ihre Aufpasser und menschlichen Freunde, das ist schwer zu entscheiden. So ein Aana, wenn er das Glück oder Pech hatte, als ein Männchen geboren zu werden und ihm ein Paar stattlicher Stoßzähne aus dem Maul herauswuchsen, stellt schon allein um dieser willen in den Augen der Menschen ein hübsches Vermögen dar, ein für die Verhältnisse in unserem armen und übervölkerten Lande nicht unbeträchtliches Kapital, das der Besitzer zu beliebiger Stunde von dem Fleischberg absägen und zu Geld machen kann. Seht ihr, wie der Einfluß des Menschen den Willen der Götter verkehrt hat? Die Natur gab dem Elefanten die Zähne, sein Leben zu schützen, heute sind sie der Grund, welcher ihm den gefährlichsten und tödlichsten Feind schafft. Ein Elefant, ob er nun arbeiten kann oder nicht, ist, je nach dem Gewicht seiner Stoßzähne, ein mehr oder minder bedeutender Wertgegenstand. Was aber ist ein Mahut ohne den Elefanten! Ein Stück Dreck, ein überzähliger Fresser. Welche Veranlassung, frage ich euch, sollte einen unserer privaten Elefantenhalter dazu bewegen, auf seine Kosten solch einen armen Schlucker von Assam zu uns nach Kerala zu holen? Schauen wir uns doch einmal, rein spaßeshalber, versteht sich, die Rechnung an, die –»

Die Knackpunkte und Hauptargumente seiner Auslassungen, die eben im Begriff standen, sich zu einer Art Manifest über die Elefantenfrage zu mausern, hatte Sukumaran noch gar nicht berührt, so daß es nicht nur für uns, sondern auch für die jüngeren und lernbegierigen unter seinen Kollegen im höchsten Maße bedauerlich ist, weiter nichts von alledem zu erfahren, was der Redner noch in petto gehalten, weil nämlich just auf das Stichwort «Rechnung» hin der Wirt ihn rücksichtslos unterbrach, seine Kellner zum Abkassieren auf die Gästeschar hetzte und mit der früher vermeldeten Rigidität seine Lokalität leerte. Die elfte Stunde hatte noch nicht ihre erste Minute vollendet, als sich das eiserne Gitter vor der Eingangstür schloß.

II

Über dem Aanakotta, dem Elefantengarten, in einem Außenbezirk Guruvayurs etwa sechs Kilometer vom Krischna-Tempel gelegen, hatte sich der Himmel, der tropischen Mode entsprechend, in seine elegante Nachtrobe von schwarz-violetter Seide geworfen. Der neue Mond lag rücklings darauf und schien wie eine vergoldete Wiege sachte zu schaukeln. Auch die Sterne hielten nicht still, sie blitzten und funkelten unruhig, wie zum Spiel aufgelegt, als wollten sie hüpfend und springend ihre Plätze am Firmament miteinander vertauschen.

Hatte für die Mahuts unerbittlich die Stunde geschlagen, zu welcher ihnen nichts übrig blieb als, sich durch die Finsternis tastend, den Heimweg zu suchen und ihren Rausch nach Hause in die Betten zu tragen, so wurde hier bei den Elefanten die Konversation gerade erst munter. Man ist geneigt anzunehmen, daß auch bei ihnen Pattambi und Puschpadantans Fehltritt das Thema des Tages, oder vielmehr der Nacht, hätte sein müssen …

Es waren noch nicht alle der Festivalteilnehmer zurückgekehrt nach Guruvayur, aber Airavatam, dem es in zäher, jahrelanger Kleinarbeit gelungen war, den begehrten Stempel der KFZ-Untauglichkeit für sich zu ergattern, hatte sich diesmal zur größten Verwunderung der Mahuts beim Abtransport als erster auf die Rampe zum Laster gedrängt. Man schloß von diesem Sinneswandel auf Fehler, die Subrata bei

Airavatams Erziehung gemacht haben mußte. Man mag dem entnehmen, wie oberflächlich und geradezu falsch diese Fachleute die Regungen der elefantischen Seele betrachten und deuten, denn selbstverständlich konnte Airavatam nur deswegen nicht schnell genug auf den Lastwagen kommen, weil es ihn unter allen achtzehn Nägeln brannte, den Daheimgebliebenen die Neuigkeiten zu künden.

Dazu war jetzt schönste Veranlassung, denn der Sauftag der Wärter hatte wie stets sein Feierliches für die Vierbeinigen auch, weil man in der Abwesenheit der stöckeschwingenden, klugscheißenden Zwerge einmal im Monat wenigstens sich so richtig und von Herzen aussprechen durfte. Vor allem war es die Nacht, in welcher nicht wie sonst das ätzende, stinkende und die Nerven unsäglich strapazierende Lagerfeuer der Nachtwächter einem die Kehle zuschnürte und jegliche Lust an Gesprächen verdarb.

Airavatam hatte die Zeit auf der Ladefläche des Lasters genutzt, die Erzählung, mit welcher er nächtens im Aanakotta zu glänzen vorhatte, nach Exposition, Klimax, Peripetie und Finale reinlichst herauszufeilen, und auch bestimmte Passagen bereits auf gesteigerte klangliche und gedankliche Wirkung hin durchformuliert. Er mußte sich übrigens zugeben, daß er nach so langer Entwöhnung jetzt wieder Gefallen hatte an dieser Art, ohne Verausgabung eigener Muskelkraft die Kilometer unter sich durchrauschen und sich vom Fahrtwind die Stirne kühlen zu lassen.

Nur die Mittagspause, welche sein Fahrer, sein Futterschneider und der ihm an Subratas Stelle vorläufig zugeteilte Mahut sich in einer Garküche bei der Landstraße gönnten, wurde Airavatam zur entsetzlichen Qual, die ihm in die Erinnerung rief, warum er das Autofahren so haßte. Die zweibeinigen Schufte hatten sich nämlich nicht die Mühe gemacht, ein schattiges Plätzchen für ihr Vehikel zu suchen, hatten ihm weder Futter vorgelegt noch irgendein Tröpfchen Wasser für ihn besorgt. Da stand denn Airavatam schmachtend in der prallen Sonne und war vor Hitze, Hunger und Durst nicht mehr in der Lage, irgendeinen klaren Gedanken zu fassen. So unterließ er es, weil er klug war, während dieser Stunde der Schmach und des Leidens und der verminderten Denkkraft weiter an der Ausschmückung seines Berichtes vom Ezhunnallippu in Pattambi zu werken, und nahm diese Tätigkeit erst wieder auf, als die vollgefressenen Knechte rülpsend und Betel kauend ihr Fahrzeug bestiegen und es in Gang gesetzt hatten.

Als sein vorgestreckter Rüssel die Ausdünstungen der Elefantenansammlung im Guruvayurer Aanakotta zu wittern begann und der Wind ihm auch schon die dem menschlichen Ohre unhörbaren Niederfrequenzschwingungen der Unterhaltungen seiner dickbehäuteten Freunde und Freundinnen zutrug, beschloß Airavatam, nicht mehr am Eigentlichen seiner geplanten Reportage zu basteln, und verlegte sich darauf, nach Mitteln zu forschen, die ihm behilflich sein konnten, bevor er zu seiner wohldurchdachten Erzählung anheben würde, die Neugier und das Interesse der übrigen Elefanten noch zu stacheln. Mürrisch und unzugänglich würde er auftreten bei seiner Rückkehr, so nahm Airavatam es sich vor. Devi, das Liebchen der Mahuts, welche seine links von ihm angekettete Nachbarin war, würde es gewiß nicht unterlassen können, süßlich zu ihm herüberzutrompeten und ihm einige Zweiglein der wohlschmeckenden, weichen, am Gaumen zergehenden Fächerpalme, ein Sonderfutter, mit dem die Zweibeiner ihr die Willfährigkeit lohnten, zuzuwerfen, mit derlei Tricks aus ihm den Grund für seine miese Laune zu locken.

Darauf werde ich, malte sich Airavatam aus und grinste dabei selbstzufrieden über die eigene Ausgepichtheit, nachdem ich, Appetitlosigkeit vortäuschend, ohne ihn aufzuheben an dem Verräterfraß ein bißchen mit dem Rüssel genestelt, der geschwätzigen Hippe möglichst einsilbig meine Auskunft erteilen, die darin bestehen wird, daß ein fremder Elefant aus meinem Mahut die Luft herausgedrückt hat. Mehr sage ich erst einmal nicht, ganz gleich, wie sie mir auch zu schmeicheln und mich zu nötigen suchen. Daß sie sich gegenseitig verrückt machen und wild, das kann ich dann getrost Devis Klatschsucht überlassen und der Ungeheuerlichkeit meiner Botschaft. Am Ende wird ihnen die durch das Hin- und Hertratschen immer mehr angefachte Gier nach Aufklärung zu einer schlimmeren Folter, als hätten sich die Mahuts bei ihrem Saufnachmittag den Scherz einfallen lassen, für jeden Elefanten ein eigenes Feuer unter seinem Arsch anzustecken.

Dies alles also hatte Airavatam höchst listig ersonnen, präpariert mit Tücke und Sorgfalt, und hätte er nicht nur einen, sondern zwei Rüssel besessen, die ja von den Indern des Nordens wie von denen des Südens in ihrer jeweiligen Sprache «Hände» genannt werden, so hätte er sie in seiner diebischen Vorfreude wahrscheinlich aneinander gerieben. Doch der Mensch denkt, Gott lenkt, oder: Erstens kommt es anders, zweitens als man denkt, so heißt es im Sprichwort, und, wie wir gleich sehen werden, ergeht es den Elefanten hierbei genauso.

Zwar stand Devi bei Airavatams Einmarsch ins Aanakotta an ihrem Fleck und delektierte sich wie erwartet an ihren Leckereien, welche ihr die zweibeinigen Verehrer diesmal besonders üppig dargebracht hatten, aber sie beachtete kaum, daß ihr Nachbar nach zweitägiger Abwesenheit an seinen

Platz zurückgeführt wurde, und schien insonderheit von dem sensationellen Faktum keine Notiz nehmen zu wollen, daß nicht Subrata es war, der Airavatam jetzt an die Betonpfähle zu ketten begann, sondern Sarvabhaumans Mahut, der doch von Rechts wegen in diesem Bereich des Geheges gar nichts verloren hatte. Kein «Hallo!», kein: «Schön, dich wiederzusehen», und erst recht kein: «Na, wie war's in Pattambi?» Devi nuckelte und malmte an ihrem leckeren Palmgras und schielte, wenn überhaupt, nach der anderen Seite.

Airavatam ließ sich jedoch durch diese mangelnde Anteilnahme der Frau Nachbarin nicht aus seinem Konzept bringen, höchstens, daß er sich leise tadelte, die eitle Selbstfixiertheit der Weiber bei seiner Planung nicht gebührend berechnet zu haben. Dennoch mußte er zwangsweise die Feststellung treffen, daß es, so ganz ohne Beachtung der Mitwelt, vergleichsweise schwerfiel, den Verdrossen-Verschlossenen zu mimen. Mit dieser Schwierigkeit kämpfen zu müssen, stimmte ihn wirklich und tatsächlich mürrisch, und Airavatam fand, daß dies nicht die rechte Art sein konnte, das auf dem Laster so glücklich-süßlich Erdachte in das Rauhe der Realität hinüberzusetzen.

Was ich vorhatte, war, den Griesgrämigen bloß zu *spielen*, begann er die Kalamität mit sich selbst zu besprechen. Jetzt aber, wo es nicht so läuft, wie ich es glaubte, voraussetzen zu dürfen, merke ich, daß ich echt schlechte Laune bekomme. So aber kann es nicht gehen. Ich sollte, bevor ich mich exponiere und den anderen eine Depression, die bis zur Kostverachtung reicht, vorzugaukeln versuche, zuerst doch mich stärken mit einem Imbiß und meine Gemütskräfte stabilisieren.

Aus dieser Einsicht stopfte er so geschwind und so unauffällig wie irgend möglich von den Kokospalmblättern, die noch vom Tag des Abmarsches nach Pattambi an seinem

Platz lagen und die inzwischen zur einen Hälfte vergilbt, zur anderen braun und vertrocknet waren, in sich hinein. Zu seinem Leidwesen ging dies wegen der knorrigen Beschaffenheit der Speise nicht so diskret und geräuscharm ab, wie er es wünschte.

Oh, wie betrügt man sich, wo man sich schmeichelt, den Sinn eines Weibes lenken zu können! dachte Airavatam und hielt inne beim Kauen, denn ausgerechnet jetzt, wo er es partout nicht wollte, wandte Devi ihm Gesicht und Aufmerksamkeit zu.

«Einen guten Appetit wünsche ich dir, mein lieber Airavatam», säuselte sie. «Zu Hause schmeckt es doch stets am besten, sage ich immer.»

Jetzt oder nie, dachte Airavatam.

«Mir nicht!» brüllte er laut und spuckte, was er im Maul hatte, aus,

«Nanu. So unwirsch?» pikierte sich Devi und machte geziert ihren Schritt rückwärts, ein Kunststück für sich, das sie seit ihrer Kindheit ganz ohne Anleitung durch die Zweibeiner trainiert und zu hoher Perfektion geführt hatte, denn es erweckte auch auf kurze Entfernung den Anschein, als ob sie sich nicht wie die anderen an Ketten, sondern frei im Gehege bewege.

Airavatam wollte nun heraus mit der Bombe von Subratas Mißgeschick, aber bevor er sich dazu die Luft holen konnte, quasselte Devi schon los: «Kein Wunder, Airavatam, liebster Nachbar, daß du abgespannt bist und daß dir vor lauter Streß das Futter nicht mehr bekommt. Es ist wirklich zuviel mit all diesen Ezhunnallippus landauf und landab, und ich danke es dem Himmel jeden Morgen aufs neue, daß er uns Elefantinnen – zumindest uns asiatischen, bei den afrikanischen soll es sich, wie man hört, anders verhalten – daß er uns nicht wie euch diese widerwärtigen, verzeih, ich meine, diese furchterregenden, nein, auch nicht … solche Respekt einflößenden wollte ich sagen, ja, solche Respekt einflößenden Stoßzähne geschenkt hat, so daß wir verschont bleiben von diesem ganzen dämlichen Rummel. Du mußt langsam fressen und versuchen, dich zu entspannen. Außerdem wirst du gleich große Augen machen, und deine Müdigkeit wird verfliegen, wenn ich dir nämlich erzähle, was hier im Aanakotta Unglaubliches vorgefallen ist, während du dazu verdonnert warst, dich in Pattambi diesem scheußlichen Schwachsinn zur Verfügung zu stellen.»

Airavatams mächtige Säulenbeine knickten ein wie die schlecht fabrizierten Streichhölzer aus dem Werk in Kuraikundu, vor seinen Augen flimmerte es.

«Recht so», sprach Devi, ihn bemutternd, zu ihm. «Leg dich nur hin und schlaf ein paar Stündchen.»

Besorgt klemmte sie die tiefrosa umränderten Ohren an ihre Schultern und schüttelte voll Mitleid ihr riesiges Haupt, wobei dem schlenkernden Rüssel achtlos eines der feinen, köstlichen Fächerpalmzweiglein entglitt.

«Ja, Airavatam, mach's dir bequem, streck dich nur so richtig aus», setzte sie dann hinzu und war sich des Zynismus dieser Worte in keinster Weise bewußt, denn wenn die Fesselung durch die Ketten den Tieren eins nicht erlaubte, so war es dieses, im Liegen nach Belieben die Glieder zu recken.

«Devi, willst du nicht vielleicht doch …», klang es schwach und matt von dem niedergegangenen Airavatam.

«Was, liebster Nachbar?» erkundigte sich Devi voll demütiger Bereitschaft, dem Kranken beizustehen.

«… von Pattambi hören?» stammelte mit letzter Kraft Airavatam.

«Ja, doch, mein Bester», redete Devi ihm zu. «Wenn du

dich ein wenig erholt hast, erzählst du uns von Pattambi. Das interessiert uns doch alle. Aber jetzt darfst du nicht sprechen, das ist zu anstrengend für dich. Schlafe nur. Schlaf ein.»

Airavatam schnarchte bereits.

III

Dies also das aus Airavatams Sicht äußerst unerquickliche Vorspiel zu den bemerkenswerten Geschehnissen jener Nacht, die mitzuverfolgen wir nach angeregter Debatte über mögliche Ursachen von Subratas Unfall gemeinsam mit den Mahuts ihre schließende Kneipe verlassen und, aus ihrer Gesellschaft uns stehlend, in aller Heimlichkeit uns hinübergeschlichen haben zum Aanakotta, wo, wie wir sagten, nachdem der Wirt und seine Bedienten die Zweibeiner zum Schweigen gebracht, die Gespräche unter den Vierbeinigen sich langsam belebten. Auch Airavatam erwachte davon mit brummendem Schädel und Schmerzen in den Gelenken.

Devi war's, die neben ihm so durchdringend trompetete, daß selbst Supradikan, den sie, weil er sich während der Must weit ungemütlicher noch als andere Gesellen betrug, ein paar hundert Meter außer der das Aanakotta umfriedenden Mauer zwischen die Palmen gekettet, jede einzelne ihrer Silben verstand.

«Glaubt es mir, Brüder!» war ihre Verkündung. «Er wird wiederkommen, er hat es versprochen. Heut ist die Nacht, da er uns einen langen Besuch machen wird, uns einzuweisen in sein Geheimnis.»

«Mach dir nur Hoffnungen, Devi», ließ der ausgesperrte Supradikan sich aus der Ferne vernehmen. «Er ist gewiß schon auf dem Weg, dein Schwarzer Makhna. Weil er es nämlich nicht aushalten kann und sich verkneifen, dich in dieser rauchfreien Nacht einmal so ganz nach Herzenslust zu bespringen.»

Die anderen Elefanten hörten gar nicht richtig hin, es war ja, wie sie wußten, nicht ihr Freund Supradikan, es war die Must, was da sprach: «Wenn mich nur einer von diesen vermaledeiten Zweibeinern oder von euch Schlappschwänzen einer hier losbinden wollte, dann wär ich schon bei dir, Devi, und zeigte dir, was so ein Kerala-Bulle kann und was er für Kraft hat.»

«Ja, Supradikan!!» schrie Anjanan, der ebenfalls in der Must war, und zerrte dabei so heftig an seinen Ketten, daß die gerüttelte Palme von ihren Früchten herabwarf. «Reiß dich los, spring über die Mauer und besorg's ihr! Vielleicht hält sie dann mal für zwei Minuten ihr Maul!»

«Doch, doch, das wär was», bemerkte hierzu Patmanaban, ein Menschenkenner und eine betagte Berühmtheit, der sich selbst in der Must nie herabließ, derartige Geschmacklosigkeiten von sich zu geben. «Wenn's dazu käme, daß unsere gute Devi schwanger würde und ein Kalb in die Welt setzte. Überschlagen würden sich die Zweibeiner, wenn's so weit wäre, als hätte man sie mit dem Rüssel gepackt. Gar keine Frage. Fächerpälmchen würden dann nicht mehr reichen. Einen eigenen Koch würden sie einstellen, ich wette, und für Mutter und Kind gäb's von morgens bis abends nur Bananen und Milchreis mit Zucker und Zimt und lauter so Sachen.»

Der Heiterkeitserfolg war allgemein, wenngleich wie üblich die Opportunisten nur aus Höflichkeit über Patmanabans Scherzworte lachten und die Mustigen abfällig grunzten. Auch Angana und Tamarakarni, nebst Devi die beiden einzigen weiblichen Elefanten in Tempelbesitz, die ihre Stammplätze nahe dem Badeteich hatten, zeigten sich von dem Kommentar des alten und ob seiner Manieren reichlich eingebildeten Herrn wenig belustigt.

«Männergespräche», meinte Angana, das Ganze des Dialogs mit einem Worte umfassend und erledigend, und ihre Verachtung suchte die natürliche Spitzung der Lippe noch etwas zu übertreiben.

«Hoffentlich kommt der Makhna», flüsterte Tamarakarni ihr zu, wobei sie sich mit dem feuchten Finger am Ende des Rüssels die Wimpern glattstrich, daß sie im Mondscheine glänzten. «Er ist so anders als unsere primitiven Kombananas hier, die der Tempeldienst endgültig unsensibel und blöde gemacht hat.»

«Du triffst es, Schwester, du triffst es auf den Punkt», pflichtete Angana ihr bei. «Ob er aber für Devis Affektiertheiten ebenso anfällig ist wie die zweibeinigen Zwerge, das, meine Liebe, steht für mich noch lange nicht fest.»

«Laß ihr die Einbildung», schlug Tamarakarni vor. «Und laß ihr die Gunst der Mahuts. Der Neid bindet uns doch nur stärker an die Unwürdigkeiten unseres Daseins. Sprich mir nicht mehr von Devi, sprich von dem Schwarzen Makhna. Oh, seine Augen! Wie honiggelb ihre Farbe! Wie klar, wie seelenvoll ihr wärmender Ausdruck! Sag, Angana, hast du seine Augen gesehen?»

«Wie sollte ich nicht?» versetzte die Angeredete schnippisch. «Hat er doch die meiste Zeit mich angeschaut.»

«Oh, verzeih mir, Schwester», erstaunte sich Tamarakarni. «Solches war mir entgangen, oder vielmehr hatte ich das entgegengesetzte Gefühl, nämlich, daß es meine Unscheinbarkeit war, auf welcher sein Blick während seiner Anwesenheit ruhte. Aber offenkundig hat auch Devi für sich genau denselben Eindruck von ihm gewonnen.»

«Nun aber bist du es, die wieder von ihr zu sprechen beginnt», beschwerte sich Angana. «Laß uns bei deinem Vorsatze bleiben und unser Gespräch dem schönen Gegenstand widmen. Aber versprich mir, daß wir uns um seinetwillen nicht eifersüchtig entzweien.»

«Der Himmel bewahre uns davor», antwortete in schlimmster Befürchtung Tamarakarni, und sie machte eine Bewegung mit ihrem Rüssel, als wollte sie den Rücken ihrer Freundin liebevoll drücken, wozu aber der Spielraum, den ihr die Ketten gelassen, nicht reichte.

Obwohl die beiden sich bemühten, möglichst leise miteinander zu reden, war es Kumadan gelungen, ihr Gespräch zu belauschen.

«Und daß er Stoßzähnchen hat, nicht einmal so lang wie die von einem sechsjährigen Baby?» schaltete er sich jetzt ein, die Eigenschaft, die den Makhna nun einmal auszeichnet, als Makel bespöttelnd. «Das stört euch wohl gar nicht? Es ist leicht zu sagen, was ihr so bewundert an ihm, daß ihr bei dem bloßen Gedanken an ihn vor Geilheit zu tänzeln beginnt: Daß er nicht angebunden ist und nicht unter Zwang steht wie wir, daß er dahin und dorthin gehen kann, gerade, wie es ihm eben gefällt. Wenn er ein Kerl wäre, dieser Hampel, von dem ihr so schwärmt, dann käme er her und stellte sich direkt vor mir auf. Dann würde ich es gerne darauf ankommen lassen, wer von uns beiden dem anderen den Rüssel eindrückt, denn die Stoßzähne kann man ja nun schlecht mit ihm kreuzen.»

Angana und Tamarakarni tauschten mit eingerolltem Rüssel und gehobenen Augenlidern vielsagende Blicke. Sicher würde Kumadan es als eine Selbstbestätigung buchen, wenn sie sich herabließen, sein dummes Gestrotze zu würdigen, indem sie darauf Antwort erteilten. Schließlich aber zwinkerte Angana Tamarakarni zu, denn es war klar, daß sie ihre Unterhaltung nicht würden fortsetzen können, ohne den Aufdringling gehörig abgefertigt zu haben.

«Du hast Grund», richtete sie also in arroganter Färbung des Tons an Kumadan ihre Worte, «stolz zu sein auf deine wurmstichigen Mordinstrumente, denn, fürwahr, sie sind so lang, daß du beim Gehen achthaben mußt, nicht darüber zu stolpern, und zufällig grad gestern, als du beim Bad warst, habe ich zugehört, wie Doktor Panicker und die Leute vom Tempel dies Problem miteinander besprachen. Sie wußten sich keinen besseren Rat, als, obwohl dies nach den Vorschriften gar nicht zulässig ist, dir nächstens je eine Elle davon herunterzusägen.»

Arg mußten sich die beiden Damen beherrschen, um nicht loszuprusten vor Lachen, so komisch war der Ausdruck auf Kumadans erschrockenem Gesicht. Sogleich befummelte er mit dem Rüsselausgang die Spitzen der Zähne, um sich zu vergewissern, daß sie sich, vorläufig wenigstens, noch an ihrem Platze befanden. Kumadans solides Selbstwertgefühl – er wog beinahe fünf Tonnen – hatte von Anganas bösartiger Drohung einen derartigen Stüber erhalten, daß er, sobald er sich hinreichend überzeugt hatte, daß dies alles noch nicht der Gegenwart angehörte, sondern vorderhand einer Zukunft, die man ja noch beeinflussen oder sogar ganz abwenden konnte, die Flucht nach vorne versuchte und mit lautem Gebrülle die allgemeine Aufmerksamkeit auf sich zog.

«Herhören, Jungs!» hieß es. «Falls diese widerwärtige Schwuchtel von einem Makhna tatsächlich noch einmal auftauchen sollte, dann müssen wir ihn unbedingt plattmachen, habt ihr kapiert? Denn seit dieser Ulkvogel hier aufgekreuzt ist, sind unsere Weiber restlos durchgedreht. Wißt ihr schon das Neueste? Sie wollen die Tempelverwaltung aufhetzen, daß man uns die Zähne absägt und uns gleich anschließend die Pimmel abhackt, damit wir ihrem Götterbild etwas ähnlicher werden. Sie haben schon den Elefantendoktor becirct, und der trägt es weiter. Wenn euch eure Männlichkeit lieb ist, dann wißt ihr, was ihr zu tun habt.»

Nun waren es Tamarakarni und Angana, die verdattert dreinschauten. Daß der Stein, den sie losgetreten, mit solcher Wucht auf sie zurückrollen könnte, das hatte ihre Raffinesse nicht einkalkuliert. Es kam aber noch schlimmer. Kumadan, von Angana an empfindlichster Stelle gereizt, setzte, indem er so die erlittene Kränkung weiterleitete an seine Genossen, das Aanakotta förmlich in Aufruhr, von allen Ecken und Enden meldete sich lauthals Empörung.

Nur Patmanaban und Airavatam mühten sich redlich, etwas zur Beschwichtigung der aufgebrachten Menge zu tun.

«Nun nehmt doch endlich Vernunft an!» versuchte Patmanaban wieder und wieder, die Wütenden zu ermahnen. Nur drang die sonore Stimme seiner wie stets etwas parfümiert wirkenden Weisheit nicht durch das wild hin- und herbrausende Geschrei und Gezeter. Im Sinn lag Patmanaban, sobald er sich Gehör verschafft haben würde, seinen Freunden den Vorschlag zu unterbreiten, Kumadans ungeheuerliche Behauptung zunächst einmal auf ihren Wahrheitsgehalt hin zu prüfen.

«Rrru-häh! … Rrru-häh! … Rrru-häh!»

Das war Airavatams stereotyper Ruf, den er wohl an die hundertmal, ohne Lautstärke oder Betonung zu variieren, in Abständen von sich gab. Er wollte, nachdem er inzwischen ganz aufgewacht war und bei Sinnen – Makhna hin, Makhna her –, von seinem Erlebnis in Pattambi erzählen.

Elefanten sind nicht nur die zu Lande mit Abstand kräftigsten Tiere, sie zeichnen sich auch durch große Ausdauer aus, und hätte man ein Abklingen der totalen Erregung, die besonders durch den Krakeel der in der Must befindlichen Bullen immer mehr eskalierte, auf dem natürlichen Wege der Erschöpfung abwarten wollen, so hätte dafür die ganze Nacht nicht gereicht. Indessen brach das Getöse und heillos-wüste Geschimpfe über Elefantenkühe, Elfenbeinräuber, kastrierende Veterinäre, Mahuts, Messer, Stöcke, Haken, Feuer, schlechtes Futter, Ketten, Festivalfron und was dem einzelnen eben so gerade in das überbordende Hirn schoß, urplötzlich ab. Und, als hätte der oberste Dirigent aller Elefanten seinen Taktstock erhoben, breitete sich über das Aanakotta das nie vernommene Geräusch vollkommener Stille.

Der Schwarze Makhna hatte das Gelände betreten.

IV

War das tobende Bullenvolk noch vor einer Sekunde entschlossen gewesen, den Schwarzen Makhna sofort bei seinem Erscheinen zu lynchen, was denn freilich in Anbetracht ihrer Angebundenheit im Gegensatz zu der freien Beweglichkeit ihres auserkorenen Opfers etwas weniger von der wechselseitigen bestialischen Aufputscherei, dafür etwas mehr gemeinschaftlicher Planung in Arglist und Heimtücke erheischt haben würde, so war jetzt, da der Schwarze Makhna sich in ihrer Mitte befand, was vor dem Hintergrund der allseits so gerühmten Leistung ihres Gedächtnisses besonders erstaunt, nicht bei einem einzigen der Elefanten auch nur die Spur einer Erinnerung an die vorherige Mordlust verblieben.

Er war sehr schlank, seine Beine so lang, daß sie wie lakkierte Palmenstämme anmuteten, was seiner Gestalt, die nicht wie sonst bei Elefanten Länge und Breite, sondern Höhe anstrebte, Adel verlieh. Seine Haut war schwarz, schwärzer noch als die Nacht. Das ließ das Schneeweiß seiner zwanzig Fußnägel und der beiden Stoßzähne, deren Länge kaum die eines menschlichen Unterarmes erreichte, besonders markant hervortreten. Deutlich zeichnete sich auch der Rand seiner hellrosafarbenen Blesse ab, welche sich von der Stirne bis in die Mitte des Rüssels hinabzog. Was aber das Allerhervorstechendste an seiner Erscheinung und dasjenige war, was seinen Anblick zu einem schlichtweg unvergeßlichen Eindruck machte, das waren, hierin darf Tamarakarni zugestimmt werden, die Augen. Von ungetrübtem Honiggold war ihre Farbe, klarster, lesbarster Spiegel seiner Seelenreinheit. Nicht einmal eine Wimpernborste warf ihren Schatten darauf, und die Wülstlein und Fältchen, in welche sie eingebettet lagen, ließen ihren Ausdruck ins Ironisch-Schalkhafte spielen.

Es streckten sich ihm jetzt unwillkürlich sämtliche Rüssel entgegen, denn es strömte ein Geruch von ihm aus, welcher derart eigentümlich zusammengesetzt war, daß es den Bewohnerinnen und Bewohnern des Aanakotta schier den Atem verschlug. Vier Komponenten ließen sich unschwer herausriechen aus dem Bouquet.

Da war zunächst der penetrant-betörende Atem des Dschungels, der zuvörderst den vielgeschmähten Assamesen im Lager in das vorgeschobene Riechrohr stach. Das hing damit zusammen, daß diese Veteranen in ihrer Heimat als Kumkies gewirkt hatten, was meint, daß sie beim Einfangen ihrer Artgenossen als Reittiere wie auch als Lockvögel mitgetan und vor allem bei deren Absonderung von der Herde und dem Aufzwingen erster ziviler Verhaltensmaßregeln den Zweibeinern vorzügliche, wenn nicht unverzichtbare Dienste geleistet. Vor solchen Einsätzen in der Wildnis waren sie von den auf derlei Jagden spezialisierten Mahuts zur Übertünchung ihres verräterischen Stallgeruchs von hinten nach vorne und von oben bis unten nicht nur mit dem eigenen Dung, sondern auch mit den Exkrementen von Tigern, Antilopen, Schlangen und sonstigen Residenten des Dschungels eingeschmiert worden. Die meisten von ihnen hatten sich wohlgefühlt unter der Camouflage dieser scharfen Aromen, und es weckte liebe Erinnerungen in ihnen, an dem Schwarzen Makhna dies Parfüm wiedererkennen zu dürfen.

Jedoch mußte es sie in nicht geringe Verwunderung setzen, daß sich auf der Haut dieses Ausnahmeelefanten nicht ein einziges Klümpchen solcher Ausscheidungen, ja nicht einmal ein Krümelchen Lehm oder Erdreich ausmachen ließ, daß sie im Gegenteil in vorzüglicher Reinheit erglänzte, so, als sei er eben frisch aus dem Bade gestiegen. Zu diesem Eindruck des Frischgebadeten paßte etwas, das roch wie ein Balsam aus Kokosmilch und den Blüten des Lotos, was von den Damen als die Hauptsache herausgeschnuppert wurde an ihm.

Drittens war da eine Komponente, welche die Tempelelefanten mehr noch als die beiden zuvor aufgeführten verunsicherte und irritierte, ein genuin menschlicher Geruch, muß gesagt werden, aber nicht ein solcher, wie er ihnen durch die vielerlei Berührungen mit den Zweibeinern äußerlich anhaftete, sondern einer, der von innen kam, als befände sich dessen Quelle tief im Bauch des Schwarzen Makhnas.

Was nun den vierten und letzten Abschnitt im Spektrum seiner Ausdünstungen anlangt, so sind wir ebensowenig wie die in Krischnas Diensten stehenden Elefanten, welche die Luftsäule in ihren Rüsseln in Scheibchen zerlegten, die sie portionsweise einsogen und sich dabei die monströsen Köpfe zerbrachen, was dies denn nun sein könne, befähigt und in der Lage, nach dem Stand des bisher Erzählten diesen Geruch an dem Schwarzen Makhna durch Vergleich oder Reduktion zurückzuführen auf ein Bekanntes. Wir begnügen uns daher zu sagen, was auch den testenden und analysierenden Elefanten im Aanakotta ahnungsweise schwante, daß etwas Altertümlich-Ehrwürdiges darin wehte, und dies wollen wir vorläufig als die persönlichste Note des Schwarzen Makhna betrachten.

Rätselhafter noch als dies Unbekannte und Unverglichene an seinem Fluidum blieb die Frage, wie er es vermocht hatte, einzudringen in das Gehege, auf welche Weise er die Mauer überwunden, oder wenn dies nicht, wie er sich zwischen den Eisenstäben des geschlossenen Tores hindurchgezwängt hatte. Konnte er fliegen oder sich de- und rematerialisieren? Jedenfalls hatte ihn niemand herankommen sehen, er hatte plötzlich unter ihnen gestanden.

Eine, zumindest nach menschlichem Empfinden, geraume Zeit verstrich ohne die geringste hör- oder sichtbare Bewegung. Der Schwarze Makhna stand da, und die Elefanten des Tempels sogen durch ihre Rüssel den Odor, der von ihm strömte; das war alles für eine erhebliche Weile. Der Schwarze Makhna wedelte nicht mit den Ohren, seinen Rüssel hielt er gerade auf den Boden gestützt, sein Schwanz zappelte nicht, er verlagerte nicht einmal sein Gewicht, wie die Elefanten es stets zu tun pflegen, wenn sie auf eigenen Wunsch oder gezwungen länger an einer Stelle verharren, von den linken Beinen auf die rechten und wieder zurück, als sei nicht auch er tonnenschwer, sondern leicht wie eine Feder.

Irgendwann aber setzte er seinen Leib doch in Motion, und er beeindruckte beim Gehen nicht, wie man das erwartet haben würde aufgrund seiner schlankgewachsenen Hoheit, durch Geschmeidigkeit und Eleganz, auch war nichts Tänzerisches darin, wie es Elefanten bisweilen nachgesagt wird.

Es liegt in der Anatomie dieser Wesen, daß sie sich nicht anders vom Fleck bringen können als durch ein Schreiten, welches aus der Perspektive des menschlichen Beschauers unbedingt würdevoll wirkt, so daß uns zweibeinigen Zwergen selbst der gewöhnlichste Elefant ehrwürdig scheint. Bei unserem Schwarzen Makhna, wenn die Benutzung dieses besitzergreifenden Fürworts erlaubt sei, handelte es sich aber nicht um dies naturbedingte Schreiten, welches den Augen seiner Genossinnen und Genossen nichts weiter als banal hätte vorkommen müssen, nein, seine Art, die Füße zu setzen, war absolut individuell und verblüffend.

Der Schwarze Makhna *wandelte*. Mit keinem anderen als diesem Verbum dürfen wir seine Gangart belegen, weil es präzise beschreibt, was an ihr das Ungewöhnliche und Auffällige war. Denn das genau ist es doch, was wir meinen, wenn wir davon sprechen, daß jemand «wandelt»: daß er ziellos einhergeht, aber nicht wie einer, der ohne Ziel ist oder sein Ziel noch nicht erkannt hat, sondern anders, wie einer, der weiß um die Unerreichbarkeit jeglichen Zieles und eben deshalb die Ziellosigkeit sich zu seinem Ziel gesetzt hat. Dieserart *wandelte* jetzt der Schwarze Makhna, und wenn bei unserem Leser ob solcher Redeweise die Assoziation sich einstellen will, als seien dabei seine Beine von einem Gewand aus feingewebtem Stoffe umweht worden, so ist diese Vorstellung vollkommen zutreffend und richtig, nur, daß man jenen kostbar-luftigen Umhang eben nicht sah, sondern bloß spürte.

Wandelnd also bewegte der Schwarze Makhna sich zwischen den Festgeketteten umher und hielt sich dabei nicht auf den für die Besucher vorgeschriebenen Pfaden, an deren Rand in regelmäßigen Abständen große Tafeln angebracht waren, auf welchen zu lesen stand, man habe sich bei den kräftigen Tieren in jedem Moment eines Ausbruches ihrer Gewalt und Roheit zu versehen, weshalb mit Strenge untersagt wurde, sich ihnen auf weniger als drei Rüssellängen zu nähern. Mit einem weisen Lächeln nahm der Schwarze Makhna die Warnungen auf diesen Schildern zur Kenntnis (er war nicht allein vertraut mit der Sprache der Menschen, er wußte auch die Zeichen ihrer Schrift zu entziffern) und schritt, nein, «wandelte» indessen unverzagt auf seine Artverwandten zu, passierte sie mit einer Distanz von wenigen

Millimetern, ohne sie zu berühren, wobei sie aber das untrügliche Gefühl hatten, elektrische Ladungen oder Funken, die mühelos ihre dicke Haut durchdrangen, sprängen von ihm über auf sie. Als er vor Kumadan angelangt war, hielt er inne in seinem Wandeln.

Kumadan hatte bei der Annäherung des Schwarzen Makhnas sein zum Schnuppern erhobenes vieltausendmuskeliges Riech- und Allzweckorgan unwillkürlich fallen gelassen. Ihm war sonderbar, merkwürdig und sonstwie, aber ganz und gar nicht nach Zweikampf zumute. Er neigte sein Haupt gegen den Schwarzen Makhna, durch welche ebenfalls unbewußte Bewegung wegen seiner Konstitution, deren Spezifik uns durch Anganas Polemik bekannt gemacht wurde, seine exorbitanten Kieferauswüchse zwangsläufig den Sand vor seinen Füßen aufscharren mußten.

Nun war es der Schwarze Makhna, der sich streckte und seinen Rüssel aufhob, welche allzubekannte Gebärde ja als eine Drohung und als Vorbereitung zu einem Angriff hätte aufgefaßt werden müssen, aber seltsamerweise für Kumadan wie auch für Angana und Tamarakarni, welche dies aus kürzester Entfernung begutachten durften, das gerade Gegenteil dieser Bedeutung ausdrückte. Des Schwarzen Makhnas aufgerichteter Rüssel blieb aber nicht stehen in der Luft, sondern fuhr Kumadan genau in die Vertiefung über dem Jochbein, und die feuchte Öffnung an seinem Ende setzte ihm dort mit einem in der vollkommenen Stille deutlich vernehmlichen Schmatzer einen Kuß auf.

Kumadan, weit davon entfernt, hierin eine Bestätigung seiner lauthals verkündeten Verleumdung des Makhnas wegen dessen angeblicher gleichgeschlechtlicher Neigungen sehen zu wollen, senkte den Kopf zum Zeichen des Danks für die empfangene Segnung noch tiefer und hätte dabei beinahe seine überlangen Stoßzähne festgerammt in dem Sand unter ihm. Der Schwarze Makhna sprach darauf, indem er seinen Rüssel zurückzog von Kumadans Stirne, sein erstes Wort, und wie er dies tat und was es bewirkte, ist geheimnisvoll von mehreren Seiten.

Der Schwarze Makhna besaß eine Fähigkeit, die den Vertretern seiner Spezies normalerweise abgeht, zu welcher Beobachtung wir schon die Gelegenheit hatten. War es nicht Angana und Tamarakarni, so sehr sie sich auch zu tuscheln und zu flüstern bemühten, mißlungen, die Reichweite ihrer Worte in dem engen Rahmen intimer Zweisamkeit gefangen zu halten? Der ungeheure Resonanzboden ihrer kolossalen Körper trägt Schuld, daß die Gespräche unter vier Augen, wie wünschenswert sie häufig auch wären, sich ihnen verbieten.

Nur der Schwarze Makhna war ausgezeichnet mit diesem Talent, ad hominem, oder genauer, ad elephantum sprechen zu können. Was er zu Kumadan sagte, wurde nur von diesem und von keinem anderen gehört und verstanden. Trotzdem war es sehr leicht zu kombinieren, was er ihm von Elefant zu Elefant mitgeteilt hatte, denn Kumadan schob jetzt seine Beine auseinander, um gemächlich dazwischen seinen riesigen Rumpf niederzulassen. Was aber die anderen, wenn sie es denn mitgehört hätten, in die allergrößte Verwunderung gebracht haben würde, war, daß der Schwarze Makhna diese Aufforderung, sich hinzusetzen, nicht in die elefantische Sprache mit ihren konventionellen Höflichkeitsfloskeln gekleidet, sondern schlicht das übliche Kommando der Mahuts benutzt hatte.

«Irunnana», hatte er zu Kumadan gesagt, aber nicht in der menschlichen, dröhnenden, das Mickrige ihres Resonanzkörperleins lächerlich übertreibenden, anmaßend-gebieterischen Manier, sondern in sanftem, geradezu zärtlichem Ton.

Der Schwarze Makhna wartete, bis Kumadan bequem vor ihm saß.

«Kedannana, Hinlegen», sagte er dann auf die nämliche Art, und Kumadan blinzelte ihm aus seinen nicht ganz tadellosen, blutunterlaufenen Augen liebevoll-dankbar zu, froh, auch dieses freundliche Gebot befolgen zu dürfen.

Wie er mit Kumadan verfahren, so tat der Schwarze Makhna mit den übrigen auch, und es kostete ihn kaum den vierten Teil einer Stunde, bis auch der letzte der zweiundsiebzig anwesenden Giganten von ihm den Segen erhalten und sich zur Erde gelegt hatte. Nur Patmanaban und Airavatam hielten ihn bei seinem Rundgang kurzfristig auf; der eine, weil er Nachfragen hatte, wobei er den Schwarzen Makhna in menschlicher Sprache als den «Verehrten Herrn Regisseur» titulierte und sich erkundigte, ob er etwa noch spezielle Wünsche hege in betreff der Art und Weise, nach welcher seine Anweisungen ausgeführt werden sollten, der andere, weil er eben erst viele Stunden gelegen und weil da irgendwas war, was ihm auf der Zunge brannte, ihm jedoch vertrackterdings nicht in den Kopf kommen wollte. Aber auch bei Airavatam zeigten sich die Widerstände schwächer als die suggestive Kraft des Schwarzen Makhnas.

«Pat-pat...Pusch-pusch...», stammelte er noch im Versuch, seinem Gedächtnis auf die Sprünge zu helfen, da lag er schon wie die anderen gehorsam, horchend am Boden und streckte, so gut es in den Ketten eben gehen wollte, seine Glieder von sich.

Der Schwarze Makhna ließ sich, nachdem er so die Aanakottaner sämtlich zu liegender Ruhe bewegt, ebenfalls nieder, wobei er eine Positur einnahm, wie man sie noch von keinem Zirkuselefanten der Welt je gesehen, dergestalt, daß er bei senkrecht gestreckter Wirbelsäule das Ganze seines Gewichts dem Gesäß und den flach an die Erde gedrückten Schenkeln seiner Hinterbeine auflud, während er die Vorderläufe, die Flächen der Fettpolster unter den Zehen lose gegeneinander geführt, sacht in den Schoß gleiten ließ. Den Rüssel legte er sich wie einen Schal um die Schultern.

Der Platz, den er sich ausgesucht hatte, befand sich ziemlich genau in der Mitte des Aanakottas, und obwohl ihn der Mond hier gut beleuchtete mit seinem Schein und er in seinem nicht ganz undrolligen Yogasitz noch einige Handbreit höher ragte, als es der Fall, wäre er stehen geblieben, so waren es doch wegen der Weitläufigkeit des Geheges allerhöchstens zwölf Tiere, die ihn von Angesicht sahen. Wir gönnen diesem nebensächlich scheinenden Umstand die Erwähnung deshalb, weil späterhin, als die Elefanten ihre Eindrücke von dieser Nacht miteinander verglichen, alle ohne Ausnahme sich auf die Behauptung versteiften – sogar der in den Palmwald verbannte Supradikan wollte dies so erlebt haben! –, sie hätten den Schwarzen Makhna während der ganzen Zeit seines Vortrags in dieser höchst ungewöhnlichen Stellung erblickt, worauf die einsetzende Legendenbildung sich den Reim machte, der Schwarze Makhna habe sich, um sämtlichen Anwesenden gleichen Anteil an seinen Reden gewähren zu können, kraft eines ihm zu Gebote stehenden Zaubers in die Lüfte geschwungen und wie auf einer Wolke über ihnen gethront.

Indessen ist es nicht unseres Amtes, an dieser Stelle dies gewiß nicht uninteressante sozialpsychologische Phänomen zu ergründen, um die dahinter wirkenden Mächte und Mechanismen zu nennen; wir halten uns daran, dem Leser, so gut uns das eben möglich, was wirklich geschah, zu beschreiben und das, was der Schwarze Makhna sagte, in treuester Übersetzung wiederzugeben.

V

«Verehrte Elefantinnen und Elefanten!» richtete der Schwarze Makhna sein Wort an die liegend lauschenden Aanakottaner und bediente sich hierbei des im gesamten drawidischen Süden Indiens gebräuchlichen Idioms der Dickhäutersprache, wobei er sich im folgenden keineswegs scheute, wo immer es sich fügte und passend erschien, Ausdrücke und Wendungen ihrer Verwandten in Assam oder Bihar oder in sonstigen Teilen des Landes in seine Rede einfließen zu lassen. Auch kamen bei ihm wiederholt Termini und Phrasen verschiedener Sprachen der Zweibeiner vor, und obwohl der Grad seiner Weltkenntnis und Bildung denjenigen seiner Zuhörer weit überstieg, war für diese, was er ihnen sagte, bis ins kleinste klar und verständlich, wozu seine nicht laute, aber dafür um so tragendere und durchdringendere, wundersam wohlklingende Stimme ein Erhebliches beitrug. Wie es ihm gegeben war, einen einzelnen Elefanten so anzusprechen, daß niemand mithören konnte, was er ihm sagte, war es ihm gleichermaßen vergönnt, sich derart an die Allgemeinheit zu wenden, daß keiner wegzuhören vermochte.

«Devi, Angana, Tamarakarni, Patmanaban, Kumadan, Supradikan …», begann er, indem er einen jeden der Versammelten bei seinem Namen aufrief, und daß er sie so umstandslos, vollständig und fehlerfrei herzubeten vermochte, hätte die Bezeichneten, sofern sie in ihrer Andacht zu derlei kritischen Reflexionen überhaupt fähig gewesen, überaus stutzig machen sollen. Wir dürfen jedoch, da wir nicht beabsichtigen, den Schwarzen Makhna mysteriöser erscheinen zu lassen, als er es tatsächlich war, den Leser unterrichten darüber, daß aufgrund einer Anordnung der Tempelverwaltung jedem Elefanten im Aanakotta an einem Kettchen ein kleines Messingschild um den Hals hing, auf welchem sein Name wie auch das genaue Datum seines Eintritts in den Dienst für Lord Krischna eingraviert waren. Die Aanakottaner als Analphabeten hielten diese Plaketten für Medaillen, die man ihnen verliehen, oder auch für eine Art Mala, welche die Zugehörigkeit zum Orden bestätigen mochte. Trotz dieser Erklärung bleibt die mnemotechnische Leistung des Schwarzen Makhna, selbst im elefantischen Maßstab, frappant.

«Zweiundsiebzig also», faßte er, nachdem er sie Namen für Namen sorgfältigst aufgeführt hatte, seine Zuhörerschaft zusammen, «die ihr mir heute nacht Freundlichkeit und Ehre erweisen und mir euer Gehör schenken wollt. Zu euch bin ich gekommen, in groben Zügen euch die Lebensumstände eines Vorfahren vor Augen zu führen, eines Vorfahren, welcher in der Geschichte der Elefantenheit eine überaus bedeutsame Rolle gespielt hat, und es liegt vielleicht mehr als ein Zufall darin, daß es ausgerechnet die zweiundsiebzigste Generation ist, in welcher ich herstamme von ihm.

Sein Name war Susima. Abramu hieß seine Mutter, und es ist heute nach der Zeitrechnung der Manuscher auf den Tag genau 2299 Jahre her, daß sie ihn zur Welt gebracht hat.» (Wir hoffen, der Leser hält es nicht für eine hohle Marotte, wenn wir hier wie im kommenden «Manuscher», das sanskritisch-malayalamische Wort für «Menschen», wie der Schwarze Makhna es benutzte, unübersetzt lassen. Der gebräuchlichen elefantischen Ausdrücke, welche wir mit

«Zwerg» und «Zweibeiner» in ihrer Wortbedeutung wiedergegeben und welchen unübersehbar eine pejorative Konnotation anhaftet, enthielt er sich durchweg. Es geschieht in der Vermutung, etwas von der eigentümlichen Distanz der Elefanten uns Menschen gegenüber spürbar halten zu können, wenn wir weiterhin, wo er unsere Gattung bezeichnet, das Fremdwort des Schwarzen Makhnas übernehmen.)

«Natürlich leitet auch mein Stammbaum wie der eines jeden Elefantengeschlechts sich her über die mütterliche Seite, denn schließlich ist bei uns die Vaterschaft nicht weniger ungewiß als bei den Manuschern oder anderen Tieren. Anupama, meine geliebte, heute siebenundsiebzigjährige Mutter ist es, welche ihr Erbgut über ihre Mutter, Großmutter, Urgroßmutter, Ururgroßmutter und so weiter in geradester Linie auf ihre Ahnin Penkala, welche Susimas Schwester, und mit dieser gemeinsam also auf Abramu zurückführen kann.

Susima war, was bei uns im Laufe der Jahrhunderte und Jahrtausende immer wieder und bei weitem häufiger als in anderen Familien vorkam, ein Makhna. Und weil meine Mutter an mir noch mehr der sorgsam überlieferten Merkmale unseres berühmten Helden gewahrte, so gab sie mir bei meiner Geburt seinen Namen.

Mit Recht werdet ihr fragen: Wie, Susima, wenn dies dein Name ist und der deines, wir möchten es glauben, heute vor 2299 Jahren geborenen Urururgroßonkels, dessen Ruhmestaten du uns aufzählen willst, wie war es deiner Mutter Anupama möglich, sogleich, als du zur Welt kamst, zu wissen, daß du ein Makhna bist? Seit wann werden die Bullenkälber mit Zähnen geboren?

Man müßte wohl, um dies ganz und gar nachvollziehen und wahrhaft begreifen zu können, das Wunder der Mutterschaft selbst erlebt haben an sich, und ich kann daher an euch nicht mehr weitergeben als das, was meine Mutter mir zu diesem Punkt sagte, nämlich, daß sie es schon mit letzter Sicherheit spürte, als ich noch in ihrem Bauche wohnte und ihr den Leib beschwerte bei den endlosen Wanderungen auf der Suche nach Futter. Ja, ihr habt es richtig verstanden, und ihr seid nicht die Ersten, welche diese Tatsache wundert, denn die Art meines Auftretens hat die, welche ich kennenlernen durfte oder mußte in diesem Leben, stets noch zu der entgegengesetzten Annahme verleitet, aber es ist einmal so, ich bin ein Sohn der Wildnis, ein Kind nicht nur der Liebe, sondern auch des Dschungels. Übrigens hat sich auch dies bei Susima dem Großen, dessen Namen ich trage und der später zum Lieblingselefanten des mächtigsten Königs der Manuscher wurde, ganz genauso verhalten.

Mit minutiösen Schilderungen des Alltags oder mit großangelegten Sittenbildern vom Leben, wie es sich seit Elefantengedenken in den Wäldern fernab der Siedlungen der Manuscher vollzog und vollzieht, brauche ich euch, denke ich, nicht zu langweilen. Ein jeder von euch kennt es zu Genüge, wenn nicht aus der eigenen Anschauung und Erfahrung, so aus den Erzählungen der Mütter. Denn das ist der Schwur, der seit jenen weit, weit zurückliegenden Tagen, da die Manuscher auf die Idee kamen, statt nach uns zu jagen, um uns zu töten und aufzufressen, uns einzufangen und uns ihre Künste zu lehren, noch von keinem einzigen Elefanten je gebrochen wurde: Wer den Manuschern dient, darf keine Kuh schwängern, eine Kuh, die gefangen ist, nicht den Samen eines Bullen empfangen.

Diesem klügsten und heiligsten Gesetz, das von unseren Vormüttern aufgestellt wurde, über die Jahrtausende die Treue gehalten zu haben, dem verdanken wir es, daß wir nicht wie andere Tiere in den Händen der Manuscher zu deren Spielzeug geworden sind und zu deren Idioten. Hätte sich zu irgendeinem Zeitpunkt auch nur ein einziger Elefant, nein, wir müssen sagen: zwei, denn schließlich, immerhin und glücklicherweise sind es ja zwei, die notwendig sind, wo eine Vereinigung stattfinden soll – hätten sich zu irgendeinem Zeitpunkt auch nur zwei Elefanten, so sage ich also, nämlich ein Paar, ein Mann und ein Weib, vergessen in ihrer Brunst, vergessen den Schwur und die Ketten und es getrieben miteinander, wie es die Laune und die Lust von ihnen verlangten, so wäre unser Untergang damit besiegelt gewesen.

Dann hätten die Manuscher den Anfang gehabt, um auch uns ihre Bedürfnisse aufzuzwingen als unser Schicksal, wie sie es bei so vielen anderen Arten von Tieren geschafft haben, die dumm genug waren, unverzüglich loszurammeln, sobald die Manuscher nur ein ausgesuchtes Männchen mit einem ausgesuchten Weibchen zusammengesperrt hatten in irgendeinen Verschlag. ‹Züchtung› nennen sie das mit einem harmlos klingenden Wort, und der Gott, den sie sich ausgedacht haben, berechtigt sie nicht allein zu diesem Eingriff in Seine Schöpfung, Er macht es ihnen geradewegs zu einer Pflicht und zu einem Auftrag.

Seht euch als ein Beispiel von vielen den Wolf an und was die Manuscher nicht alles ‹herausgezüchtet› haben aus diesem stolzen und geselligen Tier, all die hunderterlei ulkigen und ulkigsten Rassen, wie sie uns ankläffen an den Rändern der manuscherischen Straßen. Besäßen wir nicht unser ehernes Gesetz und die unbedingte Konsequenz, es unter allen denkbaren und undenkbaren Umständen zu hüten und zu befolgen, wie es uns mit der Muttermilch eingeimpft wurde, es ist leicht auszumalen, was die Manuscher gemacht hätten aus uns. Es gäbe dann, seid versichert, Elefanten mit Rüsseln, dreimal so lang wie der Stamm der höchsten Palme, um damit ihre Brände zu löschen, solche mit flachem Rücken, um bequemer ihre Kisten auf- und abladen zu können, andere wieder, wie Hühner so klein, um ihnen im Hause die Pantoffeln zu holen, die Zeitung zu reichen und mit ihren winzigen, geschliffenen Stoßzähnen die Briefe zu öffnen.

Ihr kennt den Kompromiß, wie er geschlossen wurde zwischen den Manuschern und den Elefanten, der es möglich macht, daß einige von uns, ohne daß unser Schwur gebrochen, ohne daß unser heiligstes Gesetz verletzt wurde dabei, das Licht dieser Welt unter einer angeketteten Mutter erblikken und ein ganzes langes, arbeitsames Leben verbringen, ohne je einen Schritt in Freiheit zu tun. Sie bringen eine Elefantin zum Wald und lassen sie frei. Wenn dann die Zeit kommt, da sie sich zur Empfängnis bereit fühlt, dann trifft *sie,* und nicht irgend so ein manuscherischer ‹Zuchtmeister›, von ihrem Verlangen getrieben unter den Bullen des Waldes die Wahl.

Wenn sie dann glauben, es sei ausreichend Zeit hingegangen, daß es, wie sie sagen, ‹geklappt› haben könnte, dann rüsten sie eine Expedition aus mit Kumkies und allem und schicken sie los, im Dschungel unseren Spuren zu folgen, um ‹ihre› mittlerweile trächtige Kuh wiederzufinden. Sie fangen sodann die Schwangere ein mit ihren Tricks, wogegen sie, die dies ja schon einmal durchgemacht hat und durchlitten, mit Rücksicht auf ihren Zustand und die Frucht in ihrem Leib wenig oder keinen Widerstand leistet. Sie schleppen sie zurück ins Arbeitslager, und dort wird das Baby geboren.

Mein Fall verlief nicht so, wie die Manuscher sich das wünschten, und es herrscht auch in diesem frühesten Zug meiner Biographie eine Übereinstimmung mit derjenigen des Ahnelefanten, nach dem ich benannt bin, die mir erwähnenswert und merkwürdig scheint. Auch seine Mutter, Abramu, war wie die meinige von den Manuschern entlassen worden auf Urwaldurlaub. Es geht die Ähnlichkeit in Schicksal und Charakter von Abramu und Anupama so weit, daß beide durch extreme Gelehrsamkeit, Eifer und Geschick bei der Arbeit und besonders durch gutmütig-kollegialen Umgang mit den Manuschern während ihrer Mußestunden ihre jeweiligen Mahuts und sonstigen Aufseher bestachen. Durch solches Betragen erwarb sich Abramu, gleich wie ihre Ururururenkelin Anupama mehr als zweitausend Jahre später, das Vertrauen ihrer Hüter in einem Umfang, daß dieselben bei ihrer vorübergehenden Freilassung sich einbildeten und sogar Wetten eingingen darauf, daß sie, sobald sie erst schwanger wäre, unverzüglich und aus eigenem Antrieb zurückkehren würde zu ihnen.

Wenn ich jetzt weiter Abramus Geschichte erzähle, so erzähle ich damit, weil die beiden nur durch kleine Nuancen und die Verschiedenheit des Personals abweichen voneinander, gleichzeitig auch die meiner Mutter Anupama. Abramu also ließ es sich schmecken im Dschungel, genoß es, mit eigenem Rüssel Blätter und Zweige aus den Bäumen zu rupfen, und freute sich jeden Morgen aufs neue, den Tag ohne quengelnde und kommandierende Mahuts und ohne festgeschriebenes Pensum, einzig ihren Einfällen und ihrem Gutdünken gemäß, gestalten zu dürfen. Von ganzem Herzen erfreute sie sich der Schönheit und Vielfalt des natürlichen Lebens, badete stundenlang in einsamen Bergseen oder in kühl rauschenden Flüssen, ließ sich von Papageien ein Ständchen darbringen und bedankte sich bei den Affen, die ihr Kokosnüsse gepflückt hatten, indem sie die komplette Sippschaft auf ihrem Rücken ein Stückchen im Urwald herumtrug. Kurz gesagt, Abramu war rundum glücklich und hatte es vordemrüssel kein bißchen eilig mit der Fortpflanzung und alledem, was ihr vorausging.

Kurzweil, Schlemmerei und Vergnüglichkeit hatten bald jeglichen Sinn für planvolle Ausbeutung der Zeit, und damit den Sinn für Zeit überhaupt, aus ihr entfernt. Erst als der Zufall sie eines unscheinbaren Nachmittages zur Zeugin des grausigen Schauspiels machte, bei welchem ein Gaur, der eben noch im schönsten Frieden wiederkäuend im Grase gelegen, von einem Löwen geschlagen und in Stücke zerfetzt wurde, kehrte der ernste Gedanke an die Vergänglichkeit alles Entstandenen zu ihr zurück. Im stillen zog sie Vergleiche zwischen den Manuschern und dem Löwen, zwischen dem Gaur und sich. Das aber brachte ihr mit Schärfe das Element der Zeit zu Bewußtsein.

‹Gering ist der Unterschied zwischen den Manuschern und dem Löwen›, sagte sie sich. ‹Der Löwe macht kurzen Prozeß, die Manuscher töten mich mein ganzes Leben. Groß aber ist der Unterschied zwischen diesem Gaur und mir. Er hatte keine Zeit zu entrinnen, ich dagegen habe Zeit in Menge, und ich werde sie nutzen.›

Ihrer außergewöhnlich guten Auffassung des Geistes der Manuscher und ihrer Sprache hatte sie es zu danken, daß sie bei ihrer Freilassung die Mutmaßungen der Mahuts bis in die Einzelheiten verstand. ‹Mit Sicherheit wird sie vor dem großen Regen zurück sein›, hatte es da geheißen, und ihr Chattakaren persönlich hatte darauf zwei Monatslöhne gewettet. Abramus gewitzter Verstand folgerte hieraus, daß die Manuscher nicht vor Ende der Regenfälle aufbrechen würden, um den Dschungel nach ihrem Verbleib zu durchforschen.

Wieviel von ihrem kostbaren Vorsprung sie durch ihre sorglose Bummelei bereits vertrödelt, das konnte Abramu nicht mehr exakt nachvollziehen, aber bestimmte Veränderungen des Luftdrucks und vereinzelte dunkle Wolken am Himmel gewahrte sie deutlich als die Vorboten der Regenzeit. Nun galt es, energisch und konsequent die Erkenntnisse umzusetzen in Tat.

Die feuchte Jahreszeit war die ihrem Vorhaben denkbar günstigste, weil die täglichen Güsse sie immer wieder erfrischten und kühlten und es ihr auf diese Weise möglich machten, lange Strecken zwischen sich und die Verfolger zu legen. Zweitens war ja von dem Naß, welches der Himmel so vergeuderisch spendete, auch die Vegetation überaus angeregt, und das allerwegen üppig sprießende Grün erledigte für die Dauer ihrer projektierten Wanderung völlig das Problem des Proviants.

Als ein dritter Vorteil gesellte sich hierzu, daß der Monsun die Spuren, welche zu vermeiden unter normalen Umständen selbst bei behutsamstem Auftreten unser Gewicht uns nicht gestattet, hinter ihr aufwusch und besonders die wegen ihres Volumens höchst verräterischen Bälle, in welchen wir nach Abschluß der Verdauung das Eingenommene auszuscheiden pflegen, im allgemeinen Schlamm und Morast auflöste und unkenntlich machte. Die matschige Beschaffenheit des Waldbodens, die Überschwemmung der Elefantenfernwege, das Hochwasser, welches in dieser Periode von den unsere Straßen kreuzenden Flüssen geführt wird, waren andererseits wiederum auch Behinderungen, mit welchen wir bekanntermaßen besser zurechtkommen als die übrigen Bewohner des Dschungels. Ein solches, in verbreitertem Bett mit hoher Geschwindigkeit und lautem Getöse dahinschießendes Wasser ist für die meisten von ihnen eine unüberwindliche Schranke, sich hineinzustürzen und es zu durchschwimmen für uns Elefanten jedoch eher eine willkommene Abwechslung, wenn man dabei auch stets auf seiner Hut sein sollte, um nicht von einem dieser lästigen Krokodile in die Sohlen gezwickt zu werden oder ins Knie.

Alles in allem waren Abramu ideale Bedingungen geschaffen, sich für immer den Nachstellungen durch die Manuscher zu entziehen. Das Problem bestand hauptsächlich darin, während der gesamten Wanderung die eingeschlagene und festgesetzte Richtung zu halten. Für die südliche hatte sich Abramu entschieden, weil sie glaubte, dahin nach dem Stand der Sonne am leichtesten sich orientieren zu können, aber auch dies geriet ihr bei strömendem Regen und verhangenem Himmel nicht immer. So war sie zufrieden, als sie auf eine Herde von Kühen mit ihren Jungtieren stieß, sich diesen anschließen zu dürfen. Zwar stimmte der Kurs dieser Gruppe nicht genau überein mit dem ihrigen, doch wurde derselbe ihr auf das glaubwürdigste garantiert von der Leitkuh, so daß Abramu lieber gemächlich und etwas schräg mit dieser hinzog, als das höhere Tempo der Einzelgängerin auf Zickzackwegen und Schleifen zu wagen.

Während der Zeit, die Abramu mit der Herde etwas langsamer, dafür aber sicherer und zielfester reisend verbrachte, freundete sie sich eng mit der Leitkuh an, welche Prasanna hieß und fünf Kälber zur Welt gebracht hatte. Es mag jetzt ein wenig eingebildet klingen und aristokratisch, wenn ich euch sage, daß Prasanna auf den ersten Blick die großartigen Möglichkeiten erkannte, die in Abramu steckten, nämlich daß es ihr bestimmt war, zur Stammutter eines bedeutenden Elefantengeschlechtes zu werden.

Man kann es der hocherfahrenen und schon etwas gebrechlichen Prasanna nicht verdenken, daß sie alles daran setzte, Abramu zu umgarnen und an ihre Herde zu binden, weil sie den anfänglich bloß angedeuteten, später klar ausgesprochenen Wunsch hegte, dieser für den Fall ihres Abscheidens von diesen Dingen, das sie herannahen fühlte, ihre Nachfolge zu übertragen. Der Antrag schmeichelte Abramu verständlicherweise, doch gab sie ihre Antworten ausweichend und blieb peinlich darauf bedacht, die Rangordnung, wie sie in der Herde bestand, bei jeder Gelegenheit zu bestätigen und sie betreffende Eifersüchteleien gar nicht erst aufkommen zu lassen.

Die Wahrheit war nämlich die, daß Abramu nicht einmal liebäugelte mit dem Gedanken, dauerhaft ihr Geschick mit dem dieser Herde zu mischen oder gar die Verantwortung einer Führerin auf sich zu laden. Sie sah in Prasanna nicht mehr und nicht weniger als eine reifere Freundin, eine Lehrmeisterin und ein Vorbild in vielerlei Hinsicht. Was gab es da nicht alles, was Abramu fragend, nachfragend und wiederum nachfragend ihren Kenntnissen hinzuzufügen wünschte aus dem überreichen Erfahrungsschatz einer fünffachen Mutter!

‹Was ist die Liebe?› Mit solch schlichter, von Abramu in der allervollständigsten Naivität geäußerten Erkundigung begann es, und Prasanna konnte stunden-, ja tagelang dies Thema erörtern, ohne es auch nur annäherungsweise erschöpfend behandelt zu haben.

‹Wie sind die Bullen?›

Das war schon konkreter und schien vergleichsweise leicht zu erledigen, doch merkte Prasanna, sobald sie der Frage nur ein klein wenig gründlicher nachzuspüren begann, daß auch hier ein Gebiet sich auftat, das sich sehr bald im Grenzenlosen verlor.

Da erwies es sich denn als eine Erholung, die Angelegenheit vom Aspekt des Faktischen und des Biologischen zu betrachten. Hier wurde Abramu Unterrichtung der rüsselgreiflichsten und anschaulichsten Weise zuteil, denn es ergab sich, was ihr nebenbei auch ärgerlich sein mußte, weil es ihre Flucht vor den Manuschern zusätzlich aufhielt, daß bei einer der Kühe mittleren Alters die Wehen einsetzten. Abramu durfte bei dieser Geburt unter Prasannas Anleitung und Aufsicht als Hebamme Hilfsdienste leisten.

Im Lauf der folgenden Tage, während derer die Gruppe das Marschtempo drosseln und den ungelenken Trippelschrittchen des Neugeborenen anpassen mußte, erfuhr Abramu höchst Wissenswertes über die Erziehung und ihre Probleme. Es war dies, wie sich zeigte, Prasannas Lieblingsmaterie, und sie wußte den umfänglichen Stoff sehr hübsch und übersichtlich für Abramu zu gliedern, welche dies alles begierig aufnahm und es bedachtsam einlagerte in ihr Gedächtnis, um es dort für die Zukunft sauber und sicher gespeichert zu halten.

Gern, wie gesagt, ließ sich Prasanna über einzelne Punkte in dem weiten Feld der Pädagogik vernehmen, aber noch größer wurde ihre Freude, noch lebhafter der Glanz in ihren immer noch betörend schönen Honigaugen, wenn es ihr gelungen war, das Gespräch auf ihre leiblichen Nachkommen zu lenken. Keins ihrer fünf Kinder lebte mehr mit der Herde.

Das verstand sich für die Bullen, die sie unter dem Herzen getragen und denen sie das Leben geschenkt hatte, von selbst, und darauf legte Prasanna erheblichen Wert, daß Abramu es sich genauestens einprägte, was bei den Heranwachsenden die Merkmale waren, von welchen es sich ablesen ließ, daß sie jenes Stadium erreicht hatten, in welchem es galt, sie auszuscheiden aus dem Verbund der Herde.

‹Es hat schon sein Gutes›, sagte sie Abramu hierzu erläuternd, ‹daß wir die Kinder gemeinschaftlich aufziehen und daß sie, wenn sie erst einmal aus dem Milchalter heraus sind, kaum noch einen Unterschied machen zwischen ihrer Mutter und ihren Tanten. Denn das magst du mir glauben, Abramu, oder, wenn nicht, so wirst du es später an dir selber erleiden und dich erinnern an meine Worte: leicht fällt es nicht, das, was man zur Welt gebracht, gesäugt, gehegt und gepflegt hat, von sich zu stoßen und hinauszujagen in die Einsamkeit.›

‹Und was wird dann aus ihnen?› fragte Abramu in einer Regung des Mitleids und in einer Vorahnung mütterlicher Kümmernisse, worin aber auch eine deftige Portion bohrender Neugier einschlägig war, denn es interessierte sie brennend, wo man solche einsam umherstreunenden Bullen antreffen könnte.

‹Tja›, meinte Prasanna nur, wobei sie ihren Blick seitwärts ins Unbestimmte abgleiten ließ, um sogleich ohne Übergang auf ihre beiden Töchter zu sprechen zu kommen.

Nibha und Schaschwati hatten die beiden geheißen, und es mußte sich bei ihnen, wollte Abramu auch nur der Hälfte Glauben schenken von dem, was Prasanna ihr vorschwärmte von diesen Geschöpfen, um wahrhafte Traumelefantinnen handeln, ausgestattet mit sämtlichen Vorzügen körperlicher Bildung und geistiger Anlagen.

‹Beide Mädchen haben die verfluchten Manuscher uns geraubt!› seufzte Prasanna, und dicke Honigperlen quollen aus ihren Augen hervor.

‹Nibha war noch ein Kind›, sprach sie mit zitternder Stimme, dann zeigte sie Abramu stumm und stolz die Narben der Verwundungen vor, welche die Manuscher ihr bei der Verteidigung ihres Töchterchens zugefügt hatten.

‹Schaschwati war so gut wie erwachsen, als es passierte›, nahm Prasanna, nachdem sie eine Weile schweigend nebeneinander gegangen, das Gespräch wieder auf. ‹Wie sie uns die kleine Nibha entführt haben, das war wenigstens noch ein Kampf. Wir hatten eine Chance, und wir haben sie nach Kräften zu nutzen gesucht, einer und der andere von den Kumkies wird seine Schramme abgekriegt haben dabei. Wie sie es jedoch mit der armen Schaschwati angestellt haben – bei meiner Seele! –, das war die schiere Niedertracht und das gemeinste Verbrechen. Ach, unsere fabelhafte Schaschwati! Was für ein ungewöhnlich hübsches Ding sie war und eine so feinsinnige, aufgeschlossene Elefantin dabei. Du bist ihr so auffallend ähnlich, Abramu, nicht nur in deiner Art und in deinem Wesen, sondern vor allem in deinem Äußeren, daß mir der Herzschlag aussetzte, als du plötzlich mitten in unserem Weg standest und uns grüßend entgegenwinktest mit deinem Rüssel. Du glaubst nicht, was ich gäbe dafür zu wissen, wo sie jetzt ist, unsere zauberhafte Schaschwati, und wie es ihr geht. Wie oft ich nicht an sie denke! Und manchmal ist mir, sie müßte bei dem obersten König der Manuscher in seinem Palast sein, denn sie wissen doch auch einen Unterschied zu machen zwischen Elefantin und Elefantin und sehen der einzelnen ihre Vorzüge an. Aber nun endlich hat sie aufgehört zu schmerzen, diese Wunde in meinem Herzen, die ich für unheilbar hielt und an der ich tausendmal schlimmer gelitten als an den paar Kratzern, die mir die zweibeinigen Zwerge bei dem Versuch, Nibha zu retten, mit ihren Messern und Lanzen eingeritzt haben. Jetzt ist dieser größte Kummer meines Lebens getröstet, denn dich, Abramu, hat das Schicksal zu uns geführt, daß wir nicht länger um die Verlorene trauern, sondern uns an deinem Anblick und an deiner Gesellschaft erfreuen.›

Es war wieder einmal für Abramu zuviel der Komplimente und Schmeicheleien, sie konnte gar nicht schnell genug fächeln mit ihren Ohren, um die Hitze aus ihrem Gesicht zu vertreiben. Da war ihr Prasanna als melancholische Mutter noch lieber, und so kam sie zurück auf den wunden Punkt.

‹Worin nun bestand diese niederträchtige und kriminelle Methode, wie sie von den Manuschern angewendet wurde, um eure geliebte Schaschwati zu fangen?›

‹Es ist unfaßbar! Schlicht und ergreifend unfaßbar!› schnaubte Prasanna und geriet in eine Erregung, als geschähe es eben vor ihren Augen aufs neue. ‹Was diese Manuscher mit ihren winzigen Hirnen auszuhecken imstande sind, das will mir in meinen Elefantenkopf einfach nicht reingehen, obwohl Platz doch genüglich vorhanden. Sie spionieren unsere Wege aus, was ja nicht sonderlich schwerfällt, da wir nun einmal keine Vögelchen sind und auch keine Affen, die in den Baumwipfeln turnen. Im Gegenteil sieht man es einer Gegend sehr genau an, wenn da einmal eine Herde von Elefanten durchspaziert ist, es müßte so ein Manusch schon mit Blindheit geschlagen sein, wollte er es verkennen.

Dann kommen sie also und inspizieren die Strecke, prüfen sie Abschnitt für Abschnitt, ob sich da nicht irgendwo ein Engpaß auffinden läßt, wo wir nur zu zweit nebeneinander gehen können, oder besser noch einer, der so schmal ist, daß wir sogar einzeln, eins hinter dem anderen, durchmüssen. Da machen sich diese Finsterlinge an ihr durchtriebenes, mörderisches Geschäft und packen die Werkzeuge aus, die sie eigens zu dem Zweck mitgebracht haben. Mit Pickeln, Spaten und Schaufeln graben sie ein Loch in die Erde, grad maßgeschneidert für einen ausgewachsenen Elefanten. Am liebsten würden die Faulpelze und Schwächlinge auch für diese Arbeit noch Elefanten anstellen. Aber so weit ist es zum Glück noch nicht, daß es ihnen gelungen wäre, ihre Kumkies abzurichten für diesen Sport. Doch wer will es wissen, ob wir nicht eines schönen Tages auch das noch erleben.

Den Abraum schaffen sie zwei oder drei Tagesmärsche weit fort, wo er unauffällig im Gelände verteilt wird, um nicht unseren Verdacht zu erregen, und diesen Job lassen sie zynischerweise von unseren Brüdern und Schwestern Kumkies besorgen. Als nächstes wird die Falle auf das kunstvollste abgedeckt mit Ästen, Zweigen und Blättern, obenauf wird etwas loses Erdreich geschüttet, und meistens werden noch ein paar Kugeln ausgetrockneten Elefantenmists als letzte Verzierung hindekoriert.

Ein solches Meisterstückchen manuscherischen Tiefbaus wurde unserer armen Schaschwati zu ihrem Verhängnis. Krach! Plumps! – da hatte sie der Waldboden verschluckt. Noch in dieser Stunde mache ich mir einen Vorwurf daraus, daß ich sie damals habe vorangehen lassen, als wir angelangt waren an dieser Lücke zwischen den riesigen Felsen, dem berühmt-berüchtigten Tor zum Land der vierzig Flüsse, wo sie ihren schmutzigen Trick immer wieder versuchen. Ich war doch ihre leibliche Mutter und obendrein noch die Leitkuh, trug doppelt Verantwortung für sie. Dann wäre eben *ich* abgeführt worden von den Manuschern und hätte ihre Mätzchen erlernt, für sie Bäume gefällt und die Stämme durch die Landschaft getragen. Was, frage ich dich, Abramu, hätte weiter daran gelegen? Aber Schaschwati! Oh, dieses Bild! Abramu, ich seh's wieder vor mir: das Bild! Es wird mich verfolgen bis an das Ende meiner Tage und, wer weiß es, vielleicht noch darüber hinaus. Wie sie drinhockte in ihrer Falle, heulte, jammerte, brüllte, um Hilfe schrie in letzter Verzweiflung. Wie wir uns drängelten zwischen den Felsen und uns beinahe gegenseitig zerquetschten, um nur irgendwas tun zu können für sie. Aber mit mehr als drei Rüsseln kamen wir einfach nicht ran an die Grube. Sie klemmte fest, konnte keins ihrer Beine bewegen. Nur ihren Schwanz konnten wir pakken und haben hau ruck! hau ruck! ernsthaft versucht, sie daran herauszuzerren aus ihrem Gefängnis. Es war aber zwecklos, wir hätten ihr den Schweif höchstens ausreißen können und gaben es auf, denn Schaschwati schrie nun nicht mehr bloß aus Angst, sondern vor Schmerzen.

Wir oben an der Luft waren mindestens ebenso wütend und niedergeschlagen wie sie unten in ihrem Loch; wir konnten ihr wirklich nicht helfen, auf diese Weise nicht und auch nicht auf eine andere. Was uns übrig blieb, war, sie zu füttern und von weither Rüsselfüllung um Rüsselfüllung Wasser für sie zu holen. Drei Nächte und drei Tage konnten wir sie so am Leben erhalten, aber lange wäre es nicht mehr gegangen, denn ihr Hinterteil klemmte so fest an der Wand ihrer Grube, daß es ihr unmöglich war, die quellenden Därme zu leeren, und man muß es von daher fast als ihre Rettung betrachten, daß schließlich die Manuscher kamen, um ihren Fang zu begutachten und im Triumph zu ihren Stätten zu führen.

Von der anderen Seite des Tores, vom Land der vierzig Flüsse her, näherten sie sich und machten sich lustig über uns, johlten und feixten schon aus der Entfernung, weil sie sahen, wie wunderbar, was sie sich ausgedacht, funktioniert hatte. Tatenlos mußten wir zuschauen, wie sie in aller Seelenruhe auf der anderen Seite ihre Maschine montierten, mit deren Hilfe sie Schaschwati alsbald wie einen zappelnden Fisch an der Angel in die Luft hieven konnten. Ihr war es ja aus dem Grunde, den ich dir genannt habe, auf eine Art auch eine Erleichterung und für uns eine Genugtuung, wie sie als allererstes diesen listigen Elefantenhäschern gehörig ihre überschlauen Köpflein vollschiß.

Was uns einfiel, war, mit herumliegenden Steinen und Holzstücken nach ihnen zu werfen, aber das schien ihnen sogar zu gefallen, denn sie unternahmen alles, uns noch heftiger zu reizen, und ich hatte meine heile Mühe, einige besonders hitzige Jungbullen, die sich hervortun wollten, zurückzuhalten und zu beruhigen, sonst hätten auch diese sich in Schaschwatis Grube gestürzt.›»

VI

«Abramu hatte Prasanna während ihrer ausführlichen Schilderung von Schaschwatis Mißgeschick höflich schweigend zugehört, aber ganz so neu, wie Prasanna vermeinte, war ihr diese Methode des Elefantenraubs nicht. Bei den erwähnten Mußestunden im Arbeitslager, während derer die Mahuts für gewöhnlich zu ihren Füßen hockten und sich die Zeit mit prahlerischen Geschichten von bestandenen Elefantenabenteuern vertrieben, hatte Abramu vielfach Gelegenheit gehabt zu belauschen, wie sie die abgefeimtesten Schliche bis in die kleinsten Einzelheiten besprachen und sich zusätzliche Verbesserungen und Verfeinerungen auszudenken versuchten. Abramu erinnerte sich sogar noch an den Spezialausdruck, mit dem sie das tückische Bauwerk bezeichneten, zu dessen unfreiwilliger Bewohnerin Schaschwati gemacht worden war. ‹Varikkuzhiyil› nannten sie zungenbrecherisch das halsbrecherische Gasthaus.

‹Jetzt verstehst du›, führte Prasanna weiter die Rede, denn Abramu blieb stumm und behielt dies alles für sich, weil sie ihre Lehrerin nicht unnötig kränken wollte, indem sie ihre durch die langjährige Zusammenarbeit zwangsläufig gründlicheren Kenntnisse der manuscherischen Praktiken hervorkehrte, ‹warum ich, wenn du beim Wandern und Plaudern zufällig ein Stückchen dich vorschobst, dich immer wieder zurückzog und dich ermahnte, mich an deiner Stelle vorangehen zu lassen. Du glaubtest vielleicht, ich wolle auf meinem Vorrecht als Leitkuh bestehen. Bei den Manuschern mögen solche Vorrechte existieren, bei uns gibt es sie nicht. Nein, es geschah aus der Erfahrung, die ich habe durchmachen müssen, und weil ich es nicht überleben würde, wenn Schaschwatis grausiges Schicksal sich an dir wiederholte. Indessen ist diese Vorsichtsmaßregel gewiß übertrieben, denn es war, als wir die Vorgänge am Tor zum Land der vierzig Flüsse in der Versammlung berieten, unser Beschluß, vor einem neuerlichen Schrecknis von dieser Sorte für alle Ewigkeit uns zu hüten, indem wir unsere Wanderungen fortan ausschließlich in die Regenzeit legten, wo die Manuscher mit ihren Buddelkünsten uns nicht behelligen können.›

Prasanna merkte wohl, wie schwer ihre Worte lasteten auf Abramu, denn ihre jugendliche Freundin ward nun ganz in sich gekehrt und verschlossen, ließ sich während des restlichen Tages nicht eine weitere Silbe entlocken und legte sich abends, ohne gegessen zu haben, abseits von den anderen zum Schlafen. Prasanna glaubte zu wissen, Schaschwatis traurige Geschichte sei es gewesen, was Abramu derartig auf Magen und Mundwerk geschlagen, allein, hierin irrte ihr Zartsinn. Nicht Schaschwati, ihr, Prasanna, galt Abramus Empfindlichkeit, und es war ein schwerer und erbitterter innerer Kampf, der an dem stillen Plätzchen, wohin sie sich zurückgezogen, zu seiner Ausfechtung kam.

Immer seltener und spärlicher waren unter der letzten Woche die Regenfälle geworden, die Wasservorräte des Himmels schienen weitestgehend erschöpft. Abramu wußte nicht, was ihr unbehaglicher war, die Rolle, welche Prasanna ihr so beharrlich aufzuzwingen versuchte, oder der Landstrich, den sie jetzt erreicht hatten und wo sich die Herde, wenn sie die Ausführungen der Leitkuh recht interpretierte, bis zum nächsten Monsun aufhalten würde. Es mochte dies auf Einbildung beruhen, aber Abramu fand, es stank hier förmlich nach Manuschern.

Hatte ihr anfänglich das Zusammenleben mit den anderen Elefantinnen und mit den Kindern Empfindungen der Sicherheit und Geborgenheit zu spenden vermocht, so war dies Gefühl inzwischen durch Prasannas Reden mehr als zerstreut. Eher glaubte sie jetzt, auf eigenen Rüssel ihr Geschick meistern und ihr Leben bewältigen zu können. Einzig Skrupel gegenüber Prasanna hielten sie noch zurück. Abramu begann leise vor sich hinzuschluchzen in ihrer Ratlosigkeit, schlang ihren Rüssel zu einem Knoten, um ihr Weinen nicht laut werden zu lassen und so die Aufmerksamkeit der anderen auf sich zu lenken.

‹Aber schließlich›, sagte sie sich, als sie sich gefaßt hatte und die Gedanken wieder etwas klarer in ihrem Kopfe bewegte, ‹bin ich auch nur ein Elefant. Ich kann mich nicht aufopfern für sie! Und ist es wirklich so, wie Prasanna unablässig beteuert, daß sie sich für sich selbst nichts wünscht, sondern nur immer das Beste für mich, so muß es ihr am Ende recht sein, wenn ich mich losreiße, um dem Ruf der Zukunft zu folgen, den ich so deutlich vernehme wie eine Stimme.›

Abramu erhob sich behutsamst und tat auf leisen Sohlen ein paar Schritte fort von der Lagerstätte, so daß es, falls man sie beobachtete, aussehen mußte, als wolle sie, weil sie die Schlaflosigkeit plagte, eben ein wenig die Beine bewegen, oder als sei sie, weil sie zu später Stunde doch noch ein Gelüst überkommen, unterwegs, im Wald nach einem Leckerbissen zu forschen. Aber niemand beachtete ihren heimlichen Aufbruch, und so schlich sich Abramu von dannen in finsterer Nacht, ‹gleich einem Dieb›, wie die Manuscher sagen.

Die ganze Nacht, den folgenden Tag, noch eine Nacht und noch einen Tag lief sie, bis sie zusammenbrach vor Erschöpfung, und sie fühlte sich schändlich dabei, denn ob sie sich gleich einzureden bemühte, es seien immer noch die Manuscher, vor denen sie floh, wußte sie doch genau, daß es die Genossinnen ihrer eigenen Art waren, vor denen sie davonrannte, und die unbestimmte Empfindung, es sei ihre Pflicht, den ihr angewiesenen Platz in deren Gesellschaft zu füllen, war in ihr noch nicht völlig besiegt und getötet. Sobald sie sich von dieser Tour de force ein wenig erholt hatte und halbwegs wiederhergestellt war an Körper und Geist, setzte sie auf geradem Südkurs ihre durch das soziale Intermezzo unterbrochene Einzelwanderschaft fort.

Wurden Futter und Wasser nun auch wieder karger, die Hitze beschwerlich, besonders in der Stunde, zu welcher die Mutter aller Gestirne in den Zenit ihrer Bahn stieg und Abramu die Richtung wies, in welche sie strebte, so war es um so bequemer, derselben zu folgen. Nachdem sie einige Wochen ohne besondere Zwischenfälle, ohne größere Not und ohne außergewöhnliche Freuden so vor sich hingetrottet war, dabei unablässig die Ereignisse ihrer Vergangenheit und die Möglichkeiten der Zukunft bedenkend, wobei sie immer wieder der komische Eindruck befiel, weder dem einen noch den anderen so recht eigentlich zuzugehören, kam Abramu in ein Gebiet, das ihr so entlegen schien, daß sie, wo sie sich hier ansässig machte, mit höchster Wahrscheinlichkeit für den Rest ihres Lebens vor den Manuschern sicher sein, mit ähnlicher Gewißheit aber auch davon ausgehen konnte, nie wieder einen Elefanten zu Gesicht zu bekommen …»

Susima der Jüngere, der von Susima dem Älteren durch zweiundsiebzig Generationen getrennte, mit ihm durch zweiundsiebzig Generationen verknüpfte Schwarze Makhna, hatte den Aanakottanern bis hierhin alles in der bewunderungswürdigsten Flüssigkeit und mit der geübten Artikulation und Intonation eines berufsmäßigen Erzählers zu Gehör gebracht, wobei die Gewähltheit seiner Ausdrücke bis in die Modalverben und Präpositionen sowie das sinnreich gebastelte grammatische Gefüge seiner Perioden, was wir mit den bescheidenen Mitteln unserer Übersetzung freilich nur anzudeuten vermochten, es unwahrscheinlich machten, daß er aus dem Stegreif vortrug. Der Eindruck, den man gewinnen mußte, war vielmehr der, als sei das ganze kleine Elefantenepos wenn schon nicht schriftlich fixiert, was denn wohl eine gar zu kühne Hypothese, welche die Zoologen unter keinen Umständen billigen würden, so doch festgelegt bis in den Wortlaut und seine Betonung durch weit, weit zurückreichende Tradition. Auch war man zu unterstellen geneigt, daß der Schwarze Makhna dies Produkt elefantischer Prosa in dieser vom Mondschein beglänzten, sternüberfunkelten Nacht im Aanakotta zu Guruvayur nicht zum ersten Mal einem Publikum darbot.

Um so verwunderter war man, als er plötzlich innehielt und stockte in seiner Erzählung. Die Ursache hiervon war nicht, daß ihm etwa ein Stück seines ansonsten so tadellos memorierten Textes entfallen wäre oder daß er, wo er doch einfach so aufs Geratewohl fabulierte, nicht weitergewußt hätte mit seiner Geschichte. Sein Bericht war eben an die Stelle gerückt, wo die behauptete Parallele in den Lebensläufen seiner Mutter Anupama und dem weitläufig geschilderten der Urahnin Abramu endigte, und der Schwarze Makhna überlegte, wie sich dies, ohne den Stil des Bisherigen verlassen zu müssen, seiner Zuhörerschaft mitteilen ließe. Offensichtlich also gehörte, was es ihn über seine Mutter Anupama zu bemerken drängte, nicht zum eigentlichen Korpus der Legende.

Die Verlegenheitspause dehnte sich peinlich, die Spannung, die der Schwarze Makhna aufgebaut hatte, drohte zu kollabieren, einzelne seiner Zuhörer begannen zu husten oder zu gähnen. Auch sah der Schwarze Makhna, als er zur Schärfung seiner Konzentration zum Himmel aufblickte, mit leisem Erschrecken, daß das Stirngefünft, welches die Mitternacht anzeigt, bereits verschwunden war. Und er war noch gar nicht bis zu der Geburt des Helden seiner Geschichte gekommen, ja nicht einmal zu dessen Zeugung!

Klar erkannte er die Gefahr, und als jetzt auch noch Patmanaban, der sich selbst zu den Vertretern des Unterhaltungsfachs zählte, weil es ihm schien, als sei die Geschichte ohne Auftritt des Helden und ohne Pointe an ihr Ende gelangt, weswegen er meinte, man müsse dem Vortragenden nun danken, Anstalten machte, mit dem Rüssel auf den Boden zu klopfen, um derart den nach seinem Befinden fälligen Applaus «anzuklatschen», entschied der Schwarze Makhna kurzerhand, für das weitere seine Mutter aus dem Spiele zu lassen.

«Aber Abramu täuschte sich», hob er die Stimme, bevor die übrigen Elefanten sich dem Beispiel Patmanabans anschließen konnten, «täuschte sich in der Annahme, daß kein Elefant außer ihr sich je verirren würde in jene Einöde, in welche ihre lange, lange Wanderschaft sie gebracht hatte. Kaum hatte sie nämlich, weil sie nach reiflichster Erwägung des Für und Wider sich zur Überzeugung gemacht, daß es das Beste sein würde, den Rest ihrer Tage hier fern von der Elefantenheit, um so ferner dafür aber auch von den Manuschern, in Genügsamkeit und philosophischer Betrachtung zuzubringen, damit begonnen, in einem trockenen Flußbett nach Wasser zu graben, als ihr nicht sonderlich scharfes und durch die Arbeit zusätzlich ermüdetes Auge ihr am Horizont den Schattenriß eines Elefantenkörpers vorspiegeln wollte.

‹Vielleicht ist es ein Bulle›, war ihr erster Gedanke, und

Abramu erschrak über sich selbst, als sie sich ertappte und ihr zu Bewußtsein kam, wie stark sie beherrscht war von geilen Sehnsüchten und Wünschen. Solcherlei Anfechtungen gleich in ihrem Keim zu ersticken, widmete sie sich um so demütiger der begonnenen Arbeit, ging in die Knie, um energischer buddeln zu können. Wo sollte es hinführen, wenn eine überspannte Phantasie ihr die Mannsbilder leibhaftig an den Horizont projizierte?

Abramu zwang sich, nicht mehr hinzublicken in die Richtung, in welcher sie die beunruhigende Erscheinung gewahrt, mühte sich angestrengt, all ihre Kräfte zu investieren in das lebenswichtige Werk der Wasserbeschaffung. Das gelang ihr. Aber nur kurze Minuten, dann dachte es schon wieder gegen ihren Willen in ihr:

‹Wenn es nun doch ein Bulle wäre? Bestimmt wäre er durstig …›

Sofort kämpfte sie nicht mehr mit dem Boden um Wasser, sondern gegen ihren Hals, der ungehorsam blieb und ihr den Kopf mit Heftigkeit nach der ominösen Richtung zu zerren versuchte. Abramus Tapferkeit hielt nicht, sie mußte nachgeben und spähte blinzelnd abermals nach der Kimmung. Nur um sicherzugehen, daß es nichts damit war, wie sie sich selbst entschuldigend weiszumachen versuchte.

Aber der Fleck war noch vorhanden, Abramu glaubte jetzt gar, Rüssel und Stoßzähne zu unterscheiden. Doch der Elefant in der Ferne, wenn es denn ein Elefant war – und wenn es wirklich und wahrhaftig ein Elefant war, dann mit Sicherheit auch ein Bulle, da er ja Stoßzähne trug! –, glänzte wie Metall und reflektierte einzelne Strahlen der Sonne blendend in das weit aufgerissene Honigauge Abramus.

Vom Schmerz getroffen, schob Abramu ihr langbewimpertes Lid über die Iris, und als sie dem nachdachte mit geschlossenen Augen, fand sie Humor und vermochte sich, indem sie sich selber bespöttelte, herauszulösen aus der Überspanntheit ihres Zustands.

‹So weit ist es mit mir›, sprach sie lächelnd zu sich, ‹daß ich mir schon goldene Elefanten erträume, die blinken wie der Mond und die Sterne.›

Sie senkte nun auch den hinteren Teil ihres mächtigen Körpers zur Erde, ruhte von ihrer Arbeit aus und saß leger.

‹Wie süß das wäre›, dachte sie bei sich, ‹die Augen nie wieder öffnen zu müssen! Träumen, nur träumen. Träumen von ihm, dem Elefanten in goldener Haut, der das stärkste Tier auf der Welt ist und dabei so zärtlich wie nur irgend einer. Träumen darf ich, das bleibt mir. Zwar bin ich weise geworden vor meiner Zeit durch ein Übermaß an Erfahrung und habe der Gemeinschaft entsagt, mit mir allein in der Stille mein Dasein zu fristen, weil es mir aufgegangen ist wie ein überirdisches Licht, daß dieses endlose Treiben im Wechsel von Freude und Leid, *Leben* genannt, nichts weiter ist als ein Trugbild; diesem reinen Schein aber, wie er sich bei verdunkelten Sinnen im Vakuum meiner Seele entwickelt, ihm darf ich mich hingeben und überlassen, meinen Einsamkeiten zum Trotz nicht, aber zum Trost.›

Also entspannte Abramu sich weiter und bettete sich liegend in den trockenen Fluß. Man würde nun sagen: in der Schwerelosigkeit ihres Schlummers ‹war ihr, als ob›, träfe es aber nicht richtig, denn da sie sich der Illusion willentlich hingab und mitsamt ihrem Bewußtsein, war, was ihr vorkam, nicht eine durch die Kraft der Einbildung gemodelte Realität oder etwas an deren Stelle Gesetztes, sondern ganz ohne Verbindung oder Beziehung zum wirklichen Leben. Das Wasser schoß, ohne daß sie, den Rüssel sich wund und blutig schürfend, wühlen mußte danach, kühl und klar aus dem Boden, sprudelte ihr direkt in den Mund. Der klitzekleine, glitzernde Bulle löste sich von der Linie, an welcher die Erde aufhört und der Himmel anfängt, und trat, mit jedem seiner majestätischen Schritte größer und prächtiger werdend, zu ihr heran. Das Flußbett unter Abramu bebte sacht in dem Rhythmus, den seine hinten wie vorne fünfnägeligen Füße schlugen beim Gehen.

Mit jedem Schritt, den er tat, mit jedem Schluck, den sie nahm von dem köstlich kühlenden Naß, steigerte sich ihre Wonne, und als er vollends herangekommen war und stehenblieb vor der Liegenden, geschah dieses, daß er seinen Rüssel hinführte zu der Stelle, wo die Quelle sich auf Abramus Zunge ergoß. Ja, er war durstig, der Bulle, ganz in dem doppelten Sinne, in den Abramus lüsternes Wort es gewünscht hatte, schlürfte gierig und rieb im Wechsel damit den Finger am Rüssel Abramu über die Zunge. Abramu wollte nun restlos zerfließen und eins werden mit ihm, aber an diesen Höhepunkt führte sie das Traumgesicht nicht.

‹Zu schade›, dachte sie und wollte erwachen.

Aber sie war schon erwacht. Der Bulle stand über ihr und liebkoste mit seinem Rüssel jetzt auch ihre Wangen und ihre Ohren. Lustig quoll neben ihrem Kopf das Wasser hervor.

Am liebsten wäre Abramu aufgesprungen und fortgerannt, aber, merkwürdig, jetzt spürte sie eine Lähmung an allen Gliedern und war doch eben im Traum noch so leicht und beweglich gewesen, daß sie sich ohne weiteres hätte in die Luft heben und davonfliegen können. Was ihre Begierde ersehnt hatte, war greifbar, ja greifend vor ihr, aber paradoxerweise bestand nun, da ihr Wunsch sich erfüllte, all ihr Wünschen darin, es möchte nicht wahr sein, sondern eben nur ein Trugbild, all ihren Einsamkeiten zum Trotz nicht, aber zum Trost. Abramu schloß ihre Augen, doch half ihr das nicht. Der

Bulle war da, sein Rüssel berührte sie zärtlich und fordernd zugleich.

‹Wenn er bloß nicht spricht›, dachte Abramu, aber das war schon kein Wunsch mehr, nur noch Verwirrung.

‹Du bist die schönste Elefantin, der ich jemals begegnet›, sagte der Fremde und goß mit dem Rüssel spielerisch von dem Quellwasser über ihr aus.

Abramu richtete sich auf und schob mit sanftem Druck ihres Rüssels den seinigen von sich.

‹Auf einen sonderlichen Reichtum an Einfällen›, sprach sie geziert und klimperte kokett mit den Wimpern, ‹scheinen sie mir nicht gerade zu deuten, die Worte, die dir soeben entfielen, Fremder, denn so muß ich dich wohl anreden, da es offenbar dort, wo du herkommst, nicht zur Sitte gehört, daß man sich vorstellt, wenn man einer, noch dazu unbegleiteten, Dame begegnet.›

Abramu wußte selbst nicht, woher sie mit einemmal diese formidable Fassung bezog und die Schlagfertigkeit. Es verblüffte sie selbst am meisten, wie sie, Augenblicke zuvor noch durcheinander zwischen Traum und Realität, zwischen ihren Wünschen und dem Wunsch, das Wünschen zu überwinden, plötzlich alles auseinanderhielt und sortierte. Um so erstaunter war sie über die eigene Kühnheit, als es sich bei ihrem Gegenüber um ein ganz außergewöhnlich gewichtiges und muskulöses Exemplar handelte, welches in einer Verkleidung vor ihr stand, deren Absurdität und Exotik all das weit übertraf, was sie bei den Manuschern hatte beobachten können.

Sein ganzer Körper war von oben bis unten, vom Rüssel bis zum Schwanz, mit einer Unzahl von Messingplatten verschiedener Größe überdeckt, die auf eine so geschickte Weise miteinander verbunden waren, daß eins am anderen hielt und daß sie den Elefanten in seinen natürlichen Bewegungen so gut wie gar nicht behinderten oder nur störten. Einzig die Augen, die Ohren, die Stoßzähne, die Rüsselspitze und der mächtige, s-förmig gebogene, Abramu auf höchst unschickliche Manier rosa entgegenleuchtende Penis schauten hervor unter dieser zweiten, metallenen Haut.

Das allein mußte auf Abramu schon ungeheuer bedrohlich wirken und hinreißend komisch zugleich, jedoch das Ulkigste und Allerbefremdlichste war ein hölzerner Turm mit quadratischem Grundriß und einer Brüstung, den sie über seinem Rücken angebracht hatten und welcher bis zu einem Dutzend Manuschern Platz zu bieten vermochte. Auch diesen Aufbau trug Abramus Verehrer gleich seinem Metallkleid, welches er behandelte, als sei es ihm schon bei der Geburt angegossen, wie eine natürlich gewachsene Extremität oder etwa, wie heutzutage ein Manusch einen Turban auf seinem Kopf tragen würde.

Er war nun seinerseits durch Abramus selbstbewußte Reaktion nicht wenig verstört und schob, da er nicht recht zu wissen schien, wohin mit dem abgewiesenen Rüssel, dessen Finger an die eigene Zunge, welche kindlich verlegene Geste einen sehr drolligen Kontrast bot zu seinem prunkvoll-feierlichen Aufputz. Abramu schickte sich nun an, sich vollends zu erheben, und spontan bot er ihr seinen Rüssel zur Stütze, aber ein Blick von ihr reichte hin, um ihm zu bedeuten, daß sie dies für ebenso überflüssig wie unstatthaft hielt.

Als sie neben ihm stand, bemerkte sie erst richtig, wie enorm kräftig und hochgewachsen ihr Zufallsbekannter war, wenn man ihm freilich auch den manuscherischen Turmaufbau nicht wirklich zurechnen durfte. Abramu entging nicht, wie immens sie dem vereinsamten Metall-Elefanten gefiel, und sie bog, als sei dies eine ihrer beiläufigsten und normalsten Bewegungen, provozierend die Hüfte.

Der verdutzte Turmträger hatte noch immer nicht zurückgefunden zur Sprache und stand wie versteinert. Abramu genoß seine Verlegenheit und ließ etliche peinliche Sekunden verstreichen.

‹Nun?!› fragte sie schließlich und trommelte nervös mit dem Rüssel den Boden, als sei aus ihrer Sicht alles Nötige gesprochen und als warte sie nur darauf, daß er sich höflich zurückziehen werde.

Das wirkte auf ihn wie ein Stoß vor den gepanzerten Kopf, und hurtigst machte er einige Schritte nach rückwärts, daß es nur so schepperte in seinem Kostüm, wozu das Holz des über ihm wankenden Turmes wie unter furchtbaren Schmerzen knarrte und quiekte.

‹Verzeihen entschuldigend die Gestattung, die Dame›, brachte er endlich, als er gehörige Distanz eingenommen, hervor. ‹Vorstellen, selbstverständlich. Zu Befehl, die Dame! Oder besser: zu Diensten? Oder wie soll ich sagen? Ayyeppan mein Name, habe die Ehre. Von Kerala abstämmig, dienend bei der ersten Division der kaiserlichen Elefantentruppe, Magadha, Palastwache Pataliputra!›

Der Kavalier stand stramm und legte die Rüsselspitze an seine Schläfe.»

Einen durchschlagenden Heiterkeitserfolg erzielte der Schwarze Makhna jetzt, indem er erst Ayyeppans Ausdruck nachahmte und dann mit einer Grimasse Abramus Reaktion darauf mimte. Er hatte sichtliche Mühe, sich von dem allgemeinen Gelächter nicht selbst anstecken zu lassen, und rettete sich in die Imitation von Ayyeppans straff militärischer Haltung:

«‹Verstehen die Dame, bin nämlich sozusagen Soldat.›»

VII

Der Schwarze Makhna wartete geduldig ab, bis die letzten Ausläufer der Lachlawine zur Ruhe gelangt waren, und legte dann eine Miene von besonderer Strenge und Ernsthaftigkeit auf.

«Liebe Aanakottaner», setzte er fort, «laßt mich für eure Aufmerksamkeit und eure Ausdauer beim Zuhören an dieser Stelle ein Wort des Dankes an euch richten. Damit auch der Fortgang meiner Geschichte, in welchem es mehr um die manuscherischen Verhältnisse und Begebenheiten als um unsere elefantischen zu tun ist, euch verständlich bleibe und klar, kurzweilig mithin, muß ich euch bitten, für einen Moment eure Ohren noch ein wenig schärfer zu spitzen, eure Gedanken noch etwas aufnahmewilliger mir zuzuwenden, denn es gibt da zwei Dinge, die nicht nur die Manuscher, sondern auch uns Elefanten in der allervitalsten Weise betreffen. Diese beiden Dinge sind, um sie ohne Umschweife bei ihren Namen zu nennen, das Geld und der Krieg.

Es wäre ungerecht, euch einen Vorwurf daraus machen zu wollen, daß ihr hier in eurer abgelegenen Kleinstadt noch nie von solchen Sachen gehört habt, und doch sind diese beiden, der Krieg und das Geld, die charakteristischsten Erfindungen, die von den Manuschern hervorgebracht wurden und durch welche sie sich unterscheiden von der übrigen Tierwelt.»

Er machte ihnen ja unterderhand, oder «unterdemrüssel», wie er selbst gesagt haben würde, doch einen Vorwurf daraus, aber ganz so unbedarft, wie er meinte, waren die Aanakottaner nun auch wieder nicht. So war zum Beispiel Devi, lange bevor sie nach Guruvayur zu Krischnas Heiligtum kam, im Tamilland zu Kanchipuram nahe Chennai in einem Tempel tätig gewesen, wo sie mit einem extrem talentierten Mahut zusammengearbeitet hatte. Dieser hatte ihr beigebracht, am Sopanam, das heißt, an der Pforte zu den geweihten Baulichkeiten, den Eintretenden mit dem Rüssel einen Kuß auf die Stirne zu drücken, welche Segnung sie aber erst vornahm, wenn der Betreffende ihr in der geöffneten Hand eine bestimmte Zahl Münzen vorzeigte, welche sie nach Vollzug ihrer priesterlichen Amtshandlung ergriff und dem etwas zurück stehenden Mahut übergab. Aber selbst diesen Meister hatte sie noch überrascht, als sie bei einem Bummel durchs Städtchen, wo eine Ausländerin, die ihr im Tempel zugeschaut hatte, ihr eine Banknote schenkte, diese dem Besitzer einer Bude am Straßenrand reichte, um sich dafür vom Haken eine Staude Bananen zu nehmen.

Zum Krieg als dem anderen Thema hätte Patmanaban mehr als reichlich beizusteuern gehabt. Nicht allein in den Filmstudios der schönen Stadt Bombay, welche in dem Ruf stehen, die umfänglichsten auf Erden zu sein, sondern auch in Chennai, Bangalore und Trivandrum, ja selbst in Kalkutta, hatte er an weit über tausend Drehtagen vor den Kameras der verschiedensten Kinoleute gestanden, und es waren in der Hauptsache historische Szenen gewesen, in denen er in der Rolle eines Kriegselefanten mitgewirkt hatte.

«Geld und Krieg», fuhr der Schwarze Makhna dessenungeachtet fort. «Das eine hängt so eng mit dem anderen zusammen, daß selbst die klügsten Köpfe der Manuscher, die von früh bis spät über das Papier gebeugt sind, es bis auf den Tag nicht fertiggebracht haben, das eine gesondert von dem anderen zu untersuchen und zu beleuchten. Es sind in unserer Familie aus den zweiundsiebzig Generationen zwischen Susima, dem Sohn der Abramu, und mir, dem Sohn der Anupama, immer wieder Freunde des Wissens hervorgetreten, und diese sind, ein jeder auf den Kenntnissen seiner Vorgänger fußend und aufbauend, zu dem Resultate gelangt, daß eine manuscherische Gesellschaft wohl vorstellbar ist ohne den Krieg, nicht aber ohne das Geld. Ich beginne daher mit dem Geld.

Darauf, euch zu erklären, was das Eigentum ist, darf ich getrost verzichten, ihr bekommt es ja tagtäglich mit, dieses für uns äußerst schwer nachvollziehbare Gerede der Manuscher von *mein, dein, sein, unser, euer, ihr*, und ihr habt es gewißlich mehr als einmal erlebt, wie Streit zwischen ihnen entstand, weil einer vom sogenannten Eigentum des anderen Gebrauch gemacht hatte. Also kurzum, die Manuscher, wir wissen es bestens, wollen immer und unter allen Umständen etwas besitzen. Sie finden es auch in keiner Weise abartig oder pervers, daß sie den gesamten Erdboden in Stücke aufgeteilt haben, wovon ein jegliches seinem ganz bestimmten Eigner gehört. Gerne würden sie in nämlicher Methode mit den Meeren verfahren, aber zu ihrem Verdruß ist es ihnen bislang nicht geglückt, in den Ozeanen Zäune zu ziehen oder Mauern aufzurichten. So erfreuen sich die Fische im Gegensatz zu uns weiter ihrer Freiheit, dürfen hierhin schwimmen oder dorthin, ganz wie es ihnen beliebt oder wie sie es für richtig erachten, werden nicht von irgendeinem Manusch, der sie besitzt, an die Kette gelegt. Wir sind nicht wir, höchstens so unter uns; jede und jeder von uns ist Bestandteil des Eigentums eines Manuschs.»

Die Ermahnung des Schwarzen Makhnas hatte gefruchtet, seine Zuhörer folgten ihm wirklich mit der gespanntesten

Aufmerksamkeit, denn es erhob sich an dieser Stelle ein leiser Protest.

«Ich weiß schon», sagte der Schwarze Makhna und hob abwehrend den Rüssel, «ihr gehört dem Tempel, wollt ihr mich jetzt belehren, und ich sei doch wohl ganz und gar frei, niemandem eigen oder auch nur untertan. Dazu kann ich nur eines bemerken: Das ist der Schein, und der Schein hat nun einmal vor allem dies an sich, daß er trügt. Diese Einzelheiten und Spitzfindigkeiten führen uns zu weit von unserem Wege, und ich schlage deswegen vor, wir lassen dies alles auf sich beruhen. Jedenfalls hat jeder von euch ungefähr eine Ahnung, was gemeint ist, wenn die Manuscher von ihrem Eigentum sprechen, und darauf kommt es mir an.

Daß ein Manusch, wer immer er sei, etwas besitzt, daher rührt seine Unzufriedenheit. Er sieht nämlich, daß auch der andere Manusch etwas besitzt, und das möchte er ebenfalls haben. Nehmen wir, bloß um ein Beispiel zu geben, an, Manusch A sei im Besitz eines Fahrrades, während Manusch B eine Schere zu seinem Eigentum hat. Ein dritter Manusch, nennen wir ihn der Übersichtlichkeit halber C, sei, sagen wir, berechtigt, ein Brett mit dem bedeutsamen Wörtchen *mein* zu belegen. Alles schön und gut, haltet ihr mir entgegen, aber: Wen kümmert's?

Achtung! Das Beispiel ist nicht so einfach, wie es auf den ersten Blick scheint. Denn so liegt vertrackterweise die Sache, daß Manusch B eiligst den Ort wechseln und C einen Stoff zuschneiden muß, während Manusch A dringend ein Brett nötig hat. Wären sie Elefanten, schwänge sich B auf das Fahrrad, C griffe zur Schere, und A nähme das Brett. Nun sind aber alle drei keine Elefanten, sondern Manuscher, und das macht den Fall kompliziert.

Ich sehe es euren Köpfen an, wie sie rauchen, und so ging

es den Manuschern auch, und sie wären bis heute nicht fertig mit dem Problem, hätte nicht irgendwann ein ganz besonders schlauer von ihnen die Erfindung des Geldes gemacht.

Jedes Ding, so betrachtet der Manusch die Welt, hat seinen eigentümlichen Nutzen. Nun haben die Manuscher, zu einer Zeit, die noch viel weiter zurückliegt als jene zweiundsiebzig Generationen, die uns hier und heute nacht trennen von Abramu, Ayyeppan und Susima, ihrem Sohn, von dem die Rede sein soll, uns Elefanten an Verstandeskraft überholt. So sind sie darauf gekommen, daß an einem jeglichen Gegenstand außer dem erwähnten Nutzen noch etwas ist, was ihr Auge nicht sieht, ihr Ohr nicht hört, ihre Nase nicht riecht, ihre Hand nicht fühlt und ihre Zunge nicht schmeckt. Sie nennen es seinen *Wert*.

Dieser Wert also ist nicht etwas, das mit den Sinnen wahrnehmbar ist, sondern etwas Gedachtes, und es ist deshalb nur logisch, daß sie trotz aller Anstrengung ihrer dann eben doch wieder recht beschränkten Geistesgaben niemals vermocht haben, sich darüber einig zu werden, worin er nun wirklich besteht. Es spielt die Lösung dieser Frage für ihr praktisches Leben auch gar keine Rolle, denn sie haben es geschafft, diesen Gedanken umzuwandeln in ein mehr oder weniger handfestes Ding. Dies Unbegriffene, aber dennoch Greifbare ist, ihr habt es erraten, das Geld.

Dieser Zaubertrick ermöglicht es ihnen, aus jedem beliebigen Gegenstand seinen Wert, der doch eigentlich nur eine Einbildung ist, herauszulösen und in die Tasche zu stecken. Das nennen sie eine Sache *verkaufen*. Der Platz, an dem sie sich versammeln, um im Verlauf eines einzigen Tages tausend und abertausend solcher Zauberkunststückchen zu üben, heißt in ihrer Sprache der *Markt*.

Der Manusch A aus unserem Beispiel schiebt also sein Fahrrad auf diesen Markt und wartet auf einen Käufer. Zu diesem Ort der geheimnisvollen Verwandlungen begeben sich auch Manusch B mit seiner Schere und Manusch C mit seinem Brett. Und bevor es noch Abend geworden ist, besitzt ein jeder von ihnen, ohne daß sie miteinander gesprochen oder sich auch nur angeschaut hätten, ganz genau das, was er braucht. B steigt auf *sein* Fahrrad und reist zu der Stadt, wo man ihn so sehnsüchtig erwartet, C schneidet noch vor dem Dunkelwerden den Stoff zu mit *seiner* Schere, und nicht weniger glücklich ist A mit *seinem* Brett, wir wissen nicht, was er damit anstellen will, und es interessiert uns hier auch gar nicht.

All diese Wunder hat das Geld bewirkt und vollbracht.

B mußte von seinem Ersparten kräftig dazulegen, denn es zeigte sich auf dem Markt, daß in der Schere, welche er loswerden wollte, bei weitem nicht so viel Wert gewohnt hatte wie in dem Fahrrad, das er begehrte. C brauchte auf den Markt kein Geld mitzunehmen von zu Hause, denn er bekam für sein Brett auf die Rupie genau, was er für die Schere anlegen mußte, derweil A außer dem Brett noch ein hübsches Sümmchen heimtragen durfte, weil in seinem Fahrrad sehr viel Wert gesteckt hatte.

Ich hoffe, mein kleines Beispiel hat euch gezeigt, welche großartigen Dienste das Geld den Manuschern zu leisten vermag und wie seine Zauberkraft es besorgt, daß ein Manusch immer exakt die Gegenstände besitzt, die er gerade benötigt. Man müßte also regelrecht neidisch sein, oder wenigstens ihnen aufrichtigst gratulieren zu der Fähigkeit, aus dem reinen Hirn etwas so ausnehmend Praktisches zu ersinnen. Aber jetzt kommt der Haken.

Im allgemeinen, hatten wir gesagt, verhält es sich bei den

Manuschern so, daß ihr Leben in seiner Länge und in jeder einzelnen seiner Minuten damit ausgefüllt ist, ihren jeweiligen Besitz in alle Richtungen zu mehren und zu vergrößern. Anders als bei uns Elefanten, wo der Platz des einzelnen innerhalb der Rangordnung von dem Grad seiner Nützlichkeit für die Gemeinschaft bestimmt wird, gilt bei den Manuschern derjenige als der höchste, welcher der Gemeinschaft die meisten ihr nützlichen Dinge entzieht, indem er sie, obwohl er selbst mit ihnen nicht das geringste anfangen kann, zu seinem Privateigentum macht und wegsperrt.

Das Problem dabei ist, daß der einzelne Manusch bei der Anhäufung solcher Besitztümer ziemlich bald an eine ärgerliche Grenze gerät. Er muß es ja den übrigen Manuschern gegenüber recht deutlich machen, welches die Gegenstände sind, die ihm gehören, damit sie ihre Finger davon lassen und nicht ihr Auge drauf richten. Also braucht er Schlösser und Riegel und vorher noch Lagerhäuser und -hallen, um diese Schlösser und Riegel überhaupt anbringen zu können. All diese Baulichkeiten und Sicherheitsvorkehrungen dienen ganz ausschließlich ihm, das heißt, seinem Bedürfnis nach Besitz und nach ununterbrochener Vermehrung dieses Besitzes. Sie erhöhen nicht seine Stellung in der Gesellschaft, weil sie der Gemeinschaft nicht etwas, was ihr nützlich sein könnte, entziehen. Trotzdem werden ihm diese Kammern, in denen er seine Schätze birgt, nicht geschenkt, er muß von seinem ursprünglichen Besitz hergeben dafür, und das schmerzt.

Außerdem hindert ihn das Bewachen seiner Besitztümer, die er ja nicht allein vor der Gier, oder sagen wir einfacher, vor den Bedürfnissen seiner Mit-Manuscher, sondern auch vor den Wirkungen der Zeit und der Natur schützen und in acht nehmen muß, in der peinvollsten Weise daran, zusätzlich sich Gegenstände zu verschaffen und zu seinem Eigentum zu erklären, und das schmerzt noch erheblich mehr. Er steht nun vor dem Dilemma, entweder mit dem, was er gerade noch selbst zu hüten und im Auge zu behalten vermag, sich zufrieden zu geben, oder aber die Kontrolle seiner Habe anderen Manuschern anzuvertrauen, um nach weiteren Besitztümern jagen zu können. Beide Varianten sind schmerzhaft bis ans Unerträgliche, weil sie ihn zwingen, so oder so die Tendenz seines Lebens in die entgegengesetzte Richtung zu biegen.

Da schaut ihr mitleidig drein und überlegt, wie man ihm helfen könnte, diesem geplagten Manusch, und ihn erlösen von seiner Folter. Wohl haben wir im Laufe langer, langer Zeiten bewiesen, daß wir dem Manusch in vielem beizustehen und seine Zwecke auf die mannigfaltigste Weise zu fördern vermögen, allein, ihn aus dieser ihn zerreißenden Situation erretten, das können wir nicht. Wer aber kann es? Ihr habt es erraten: das Geld.

Wie gerufen kommt unserem Manusch in seiner Bedrängnis diese gesegnetste aller Erfindungen. Sie macht es ihm möglich, sein gesamtes Dasein von der Wiege bis zur Grube auf schnurgerader Bahn ohne Aufenthalte und Umwege seinem einzigen Bedürfnis zu widmen, dem Besitz, der Vermehrung des Besitzes und der Vermehrung der Vermehrung von Besitz.

Er setzt den ganzen Krempel um in klingende Münze, und plötzlich können seine eigenen mickrigen Händchen all den Wert forttragen, den, solange er noch verteilt war auf die tausenderlei nützlichen Dinge, vier Dutzend Elefanten nicht vom Fleck gebracht hätten. Er schüttet seine Goldstückchen in ein Säckchen vom billigsten Leinen oder in eine Schatulle aus einfachem Holz, je nach Geschmack, und verbuddelt das

Ganze an einem diskreten Örtchen im Wald. Jetzt ist er steinreich und schwer an Vermögen und dabei doch so leicht und frei wie ein Vogel. Höchstens eine Sorge bliebe noch, die ihm bisweilen den Schlaf rauben könnte, nämlich, daß er es bei dem notorisch schwachen Gedächtnis der Manuscher einmal vergißt, an welcher Stelle genau er all seine Panas, Maschakas und Kakanis vergraben hat.

Ich sehe euren Gesichtern die Erleichterung an. ‹Wunderbar›, denkt ihr, ‹das wäre also eben noch mal gutgegangen.› Aber jetzt kommt der nächste Haken.

Der gehortete Wert unseres Manuschs ruht nun in seinem unterirdischen Depot und genießt Frieden, wie auch sein Besitzer, der als einziger weiß von dem Versteck. So möchte man meinen, aber wiederum ist es ein Schein, und er trügt. Zwar haben die Geldstücke, welche den zuvor so verhängnisvoll ausgedehnten Wert auf dem gedrängtesten Raume zusammenhalten, weil sie aus edlen Metallen geprägt sind, auch an sich einen wirklichen Wert, jedoch entspricht dieser nur einem Bruchteil desjenigen, den sie repräsentieren.

Daß es mit der manuscherischen Wirtschaft so reibungslos funktioniert, wie wir es an unserem kleinen Exempel gesehen, daß die endlosen und tausendfach miteinander verschlungenen Ketten von Wundern, wie sie in der beständigen Entkörperung und alsbaldigen Wiederverkörperung des Wertes bestehen, nie abreißen, dazu braucht es eine Voraussetzung. Damit das Geld, das, wie wir sagten, ein eigentlich nur Gedachtes ist, welches nicht ohne größere Mutwilligkeit handgreiflich gemacht werden konnte, nicht wieder zerrinnt und verdunstet zu Einbildung und Phantasie, ist eine Einrichtung nötig, welche die Anwendung der allerstärksten Zauberkräfte erforderlich macht.

Wieder besteht die Aufgabe darin, etwas, was den fünf

Sinnen nicht zugänglich ist, ein reines Produkt des manuscherischen Geistes mithin, in Fleisch zu kleiden und lebenstüchtig zu machen.»

Der Schwarze Makhna gönnte den Aanakottanern an dieser Stelle eine kurze Pause zum Schnaufen, bevor er den nächsten intellektuellen Salto von ihnen verlangte.

«Es fällt unsereinem nicht leicht, die Gesamtheit aller Elefanten, vom Säugling bis zum Greis, von Assam bis Kerala, zusammenzupacken in eine einzige Vorstellung und diese festzuhalten in unserem Kopf. Ich betone es, damit ihr euch einen Begriff davon macht, welche kolossale Leistung wir uns zu vergegenwärtigen suchen, wenn wir jetzt darauf unser Augenmerk richten, was die Manuscher vollbrachten, als sie das gigantischste aller Monstren erschufen: den *Staat*. Der Staat, wie sie ihn nennen, ist nun näher dieses, daß sie sich alle gemeinsam in eins denken, als wären sämtliche Manuscher zusammengenommen nur ein einziger Manusch.

Ihr müßt nicht verzweifeln, wenn ihr dies nicht auf Anhieb versteht, selbst unter den Manuschern ist es nur eine Minderheit, welche sich zur Kühnheit dieses Gedankens aufzuschwingen vermag, was es um so erstaunlicher macht, daß er sie dennoch samt und sonders ergreift. Der Mechanismus des Zaubers unterscheidet sich seinem Wesen nach nicht von dem, den wir beim Phänomen des Geldes beobachten konnten. Zuerst ist da nur eine Idee, wie vorhin diejenige des Wertes, so nun die von der Totalität aller Manuscher und ihrer Aktivitäten.

Es zählt, wie wir wissen, unter die Vorzüge der Arbeitsweise des manuscherischen Gehirnes, die sie mit der Mangelhaftigkeit ihres Gedächtnisses erkaufen, daß sie in der Lage sind, wesentlich länger als wir festzuhalten an einem bestimmten Gedanken. Aber irgendwann geht auch ihnen hierbei gleichsam die Luft aus, und ohne es bemerkt zu haben, denken sie schon etwas anderes. Diese Idee von ihrer Gesamtheit jedoch, der Staat also, ist ihnen, wie wir gleich noch genauer sehen werden, unverzichtbar, und so war es eine Frage des Überlebens für sie, ob sie es fertigbringen würden, dieser Idee einen Leib anzugießen, welcher sie den fünf Sinnen zugänglich machte.

Es ist die Umsetzung dieses ehrgeizigsten und zugleich lebenswichtigsten unter all ihren Projekten den Manuschern nicht mit einem Schlage und niemals vollständig geglückt. Es gilt, diesen Umstand nicht aus den Augen zu verlieren, wenn wir von ihrem Staat zu sprechen versuchen.

Nehmen wir an, ich bäte euch, euch ganz hineinzuversetzen in die süßen, kleinen, rüssellosen Köpflein unserer geliebten Manuscher, um innerhalb einer gewissen Zeitspanne von, sagen wir acht oder zwölf Tagen dies Problem, das uns beschäftigt, an ihrer Stelle zu lösen. Ich habe das Experiment an anderem Orte schon einmal durchgeführt mit einer Gruppe von Elefanten, die sich für die Thematik stark interessierten, und ich möchte mich fast verbürgen dafür, ihr kämet zu dem gleichen Ergebnis wie jene.

Es wäre ein ganz bestimmter, unter verschiedenen Gesichtspunkten ausgewählter Elefant, ein besonders alter vielleicht, der das Leben kennengelernt hat in extremen und mittleren Lagen, den ihr herausnehmen würdet aus den Beziehungen, in denen er steht, um ihn zum Elefanten par excellence zu erklären. Dieser Elefant wäre dann nicht mehr er persönlich, sondern er hätte die Gesamtheit aller Elefanten zu repräsentieren, er wäre der Staat. Ungefähr so haben sich auch die Manuscher zu helfen gesucht. Diesen herausgesonderten Manusch, der nicht für sich selbst lebt, sondern für die Gesamtheit, nennen sie König.

Um nun zurückzukommen auf jenen Manusch, der den Wert all seiner Besitztümer in Geld umgewandelt und dem sicheren Schutz des Waldbodens anvertraut hat, er wäre verloren, sein Reichtum wäre dahin, hätte er nicht diesen König, hätte er nicht diesen Staat. Denn nur der König hat, weil er der Staat ist, das Recht, Münzen zu prägen, und er muß geradestehen für den Wert, den er jeder einzelnen zumißt. Hier sind wir schon bei dem letzten, und man darf sagen, dem übelsten, dem gefährlichsten Haken.

Der König muß, um den Staat, von welchem die einzelnen Manuscher zunehmend abhängiger werden, zu erhalten, Sorge tragen dafür, daß das Vermögen, welches er im Sinne der Allgemeinheit verwaltet, niemals schrumpft, vielmehr im Gegenteil nicht nur beständig, sondern dynamisch wächst und sich vergrößert. Der Besitz der Krone muß dem des wohlhabendsten unter den Privat-Manuschern unter allen Umständen voraus sein, und das gestaltet sich um so schwieriger, als die Einführung des Geldes, wie wir zu zeigen vermochten, das Wachstum der Reichtümer der einzelnen ungeheuer beschleunigt.

Wir ahnen es, und wir liegen auch vollkommen richtig damit, daß es bei diesem Wettlauf auf die Dauer nicht friedlich zugehen kann. Um den Staat zu erhalten und auch bei wachsender Wirtschaft mit seinem Reichtum im Vorsprung zu bleiben, sieht sich der König gezwungen, seinen Untertanen den Besitz zu beschneiden. Das sind die Steuern, die er erhebt.

Wir müßten uns wundern über die Manuscher und die Feststellungen über ihren Charakter, wie wir sie trafen, zurücknehmen, gäben sie ihrem König, was er von ihnen verlangt, freiwillig und aus lauter Einsicht in die Notwendigkeiten des Staates. Genau zwei Möglichkeiten stehen dem König zur Auswahl: Entweder er tritt ab und benimmt sich fortan wie all die anderen, oder er wendet Gewalt an, um das Eigentum, welches er reklamiert hat für seinen Staat, eintreiben zu lassen.

Das ist der Krieg, den er im Inneren seines Staates führt und führen muß, wenn er es ernst meint mit den Aufgaben, die er zum Wohl des Gemeinwesens zu bewältigen hat. Ist er erfolgreich, und es gelingt ihm, die Interessen aller durchzusetzen gegen die widerstrebenden eines jeden einzelnen Manuschs, so festigt er den Staat nicht nur in seiner Rolle als Kontrolleur der Wirtschaft und des umlaufenden Geldes, er entwickelt dabei gleichzeitig den staatlichen Macht- und Gewaltapparat.

Es versteht sich von selbst, daß diesem Auspressen der Untertanen durch den Staat eine natürliche Grenze gesetzt ist. Der König als der Lenker des Staates muß, bevor diese Linie berührt wird, an welcher seine Untertanen sich gegen ihn auflehnen und ihn fortjagen würden, die Gewalt nach außerhalb richten und das Staatsvermögen, bevor es die Ressourcen des eigenen Volkes restlos erschöpft hat, durch Raub an einem fremden vermehren.

Es freut mich, daß ihr so ganz Ohr seid und mit schöner Aufmerksamkeit jeder Einzelheit folgt, denn ich höre euren Einwand so deutlich und laut, als ob ihr ihn nicht bloß denken, sondern ihn mir zurufen würdet. Volk? Was soll nun dies? Es war doch vorher davon gar keine Rede. Und dann: erst *ein* Volk und gleich hinterher noch ein zweites! Wo, bitte, bleibt da die berühmte Gesamtheit?! Denn sicherlich hat auch dies fremde Volk einen König. Und wo ein König ist, da ist auch ein Staat. Ergo haben wir es mit einer Vielzahl von Staaten zu tun. Du aber, Susima, Schwarzer Makhna, Sohn der Anupama, hast uns vor kaum einer Minute den Staat konstruiert als die Verleiblichung der Idee, in welcher sich alle Manuscher samt und sonders als ein einziger fühlen. Gibt es jetzt aber plötzlich mehr als einen Staat, so kann es der Logik nach überhaupt keinen geben.

Mit alledem habt ihr vollkommen recht, und nicht fälschlich empört ihr euch über die Ungereimtheiten, die wir hier treffen. Aber erinnert euch bitte, daß ich's nicht bloß erwähnte, sondern ausdrücklich betont habe vorhin, daß es mit der Verleiblichung ihrer größten Idee so eine Sache war, daß die Manuscher sie nicht mit einem Male und, wie ich sagte, niemals vollständig bewerkstelligen konnten.

Daß sie ihren Staat, der freilich seinem Begriff nach die ganze Welt hätte einfassen müssen, eben doch nicht so hokus-pokus herbeizaubern konnten, das hat fatalerweise die Manuscher nicht abgehalten davon, mit dem Werk zu beginnen, um vorläufig ein kleines Stückchen der allzu gewaltigen Idee real werden zu lassen. Es hatte Zwangsläufigkeit, daß sie zu diesem Behuf ihre Idee antasten und deren Verstümmelung mit in den Kauf nehmen mußten. Das war ihre Verstrikkung, und hierin liegt es begründet, daß ihre sogenannte Geschichte, wenn man sie liest, nichts anderes ist als das Verzeichnis ihrer fortgesetzten Gemetzel, daß sie aus diesem Planeten ein einziges, riesiges Schlachthaus gemacht haben.

Man hat das Wort ‹Blut›, das zu vergießen nebst der Gier nach Besitz des Manuschs wildeste Leidenschaft ist, auf der Zunge, und es gibt dies einen überaus bitteren und üblen Geschmack. Wir wollen uns hüten, es auszusprechen, es käme davon höchstens unser eigenes in Wallung, und wir brauchen doch unseren Verstand so kühl als nur möglich, wenn wir uns klarzumachen versuchen, was es auf sich hat mit den großen manuscherischen Erfindungen, mit dem Geld und mit dem Krieg.

Es ist da also schrecklicherweise nicht *ein* Volk, *ein* Staat und *ein* König, es sind da viele Völker, viele Staaten und viele Könige. Sie haben ihre große Idee, die sie alle in eins bringen sollte, in ebenso viele Stücke gehauen. Mit der Erde können sie so verfahren, sie läßt es geduldig über sich ergehen, wenn sie sie aufteilen und sagen: So, von diesem Fluß bis zu jenem Gebirge, von diesem Küstenstreifen bis zu jener Wüste, das ist unser Land, und jenseits wohnen die Feinde. Aber eine Idee läßt sich nicht so ungestraft in Fetzen zerreißen. Ihre Teile streben unaufhaltsam zusammen, eben weil sie eine Idee, das heißt, unteilbar ist.

Diese vereinzelten Gebilde, die Staaten sein wollen, mit einem Land in seinen Grenzen, mit einem Volk und einer Regierung, sie können nicht umhin, wir sahen es ja, ihre Nachbarn zu überfallen, den König zu verjagen, den Staat zu zerbrechen, um deren Land dem eigenen Gebiet einzuverleiben und das fremde Volk unter die Knute des eigenen Regenten zu zwingen. Das geht so lange, bis endlich ein Herrscher alle Länder und alle Völker unter seinem Zepter vereinigt. Dann hat die Idee ihr Ziel erreicht und kann als sein Weltstaat ganz geheilt und ungeteilt Wirklichkeit werden.

Bis dahin leben die einzelnen Staaten im permanenten Kriegszustand miteinander, ein jeder von ihnen ist auf die Vernichtung aller anderen aus. Das gilt auch, wenn sie einmal nicht den blutigsten, erbittertsten Vernichtungskampf führen, sondern sich dem Scheine nach friedlich miteinander vertragen.

Verzeiht, liebe Elefantinnen und Elefanten, ich bin ein wenig ausführlich geworden und habe dabei doch über den Krieg ausschließlich von seiner theoretischen Seite gesprochen und bisher nichts darüber gesagt, wie er sich ausmalt im praktischen Leben, was allein von Belang ist für das Verständnis des Fortgangs der Geschichte von Abramu und Ayyeppan und ihrem künftigen Sohne Susima und weswegen wir zu all diesen weitläufigen Betrachtungen über das manuscherische Wesen überhaupt ausgeholt haben.

Wir haben kein elefantisches Wort für ‹Krieg›, wir müssen es aus dieser oder jener Sprache der Manuscher entlehnen. Bei ihnen gehört es zu den gebräuchlichsten Wörtern, sie benutzen es ebenso gerne wie häufig, und sie meinen durchaus nicht immer das Äußerste, wenn sie von einem Kriege reden, ja, es gibt sogar ein weit von hier entfernt lebendes manuscherisches Volk, in dessen Sprache das Verbum ‹etwas kriegen› ganz einfach ‹etwas bekommen, etwas erhalten› bedeutet. Dann aber, ohne Veränderung der Aussprache oder Betonung, meint das Wort, das sie so ganz ohne Gewissen auf die alltäglichsten ihrer Verhältnisse übertragen, doch dies Äußerste, und die Manuscher werden blaß und erstarren vor Schrecken, wenn sie es hören. Dann haben wir den eigentlichen Krieg vor uns, das heißt, die Anwendung aller verfügbaren Gewaltmittel im Kampf zwischen zwei Staaten mit dem Ziel der Vernichtung des Gegners.

Besehen wir etwas genauer, was wir unter diesen ‹verfügbaren Gewaltmitteln› zu verstehen haben. In Betracht kommen zunächst selbstverständlich die Kämpfer, das sind alle die Manuscher, welche imstande sind, Waffen zu führen. Als zweiten Faktor haben wir damit also die Waffen.

Es wäre ein ebenso törichtes wie aussichtsloses Unterfangen, euch all die hunderttausend verschiedenen Arten von Mordinstrumenten aufzählen zu wollen, welche die Manuscher im Verlauf ihrer sogenannten Geschichte hervorgebracht haben, und ohne mich dafür zu schämen, bekenne ich offen, daß ich nicht der geeignete Elefant hierfür bin, denn meine Kenntnisse von der manuscherischen Militärtechnik sind eng begrenzt. Das soll aber keineswegs heißen, daß wir den Punkt erledigt hätten und zum nächsten übergehen könnten. Wir übertreiben nicht, wenn wir bemerken, daß die sogenannten Friedensverträge, wie verschiedene Staaten sie für genaustens befristete Zeiträume beschließen, wo sie nicht bestimmt sind, mit vereinten Kräften über einen dritten herzufallen, hauptsächlich dem Zwecke dienen, in größerer Ruhe und unter Anwendung einer höheren Anzahl arbeitsamer Hände im Vergleich zum Gegner mehr und vor allem bessere (das heißt, schlimmere) Waffen herstellen zu können. Denn das hat die Manuscher die Erfahrung ihres blutigen Handwerks gelehrt, daß der Sieg in der Schlacht, mehr noch als von der Menge, Geschicklichkeit und Brutalität der aufgebotenen Krieger, von der Qualität der eingesetzten Waffen abhängig ist.

Wir haben dabei nicht so sehr an die heutige Zeit mit ihren stählernen Riesenmaschinen, in welchen die Manuscher sich in die Höhen des Himmels erheben und zum tiefsten Meeresgrund tauchen, zu denken als vielmehr an jene Tage, da Abramu Ayyeppan im Dschungel begegnete, wo all diese Möglichkeiten noch im Dunkel zukünftiger Entwicklungen verborgen lagen. Es war noch nicht gar so lang her, daß die Manuscher entdeckt hatten, wie sehr der Einsatz von Pferden die Schlagkraft eines kriegerischen Verbandes vermehrte und welch haushohe Überlegenheit sie auf den Rücken dieser schnellen Tiere über unberittene Feinde gewannen. Die todbringenden Pfeile nicht mehr von den Sätteln schnaubend galoppierender Rosse, sondern von einem von Pferden gezogenen Wagen aus abzuschießen, das galt noch als Neuheit.

Hier wäre der Ort, allerlei Beobachtungen und Überlegungen an den Platz zu rücken, welche die Eigenschaften und

Verhaltensweisen dieser Wesen betreffen, die uns ja aufgrund ihrer Vierbeinigkeit gewissermaßen näher stehen als die Manuscher und uns auch von ihren Ernährungsgewohnheiten und vielen anderen Vorlieben her ähnlicher sind. Indessen will ich diesen Komplex übergehen und nur insoweit Bezug darauf nehmen, als sie, die Pferde, es waren, welche durch ihre frappante Kriegstauglichkeit die Strategen zu Grübeleien veranlassen mußten, ob nicht mit uns Elefanten noch weit glänzendere Effekte auf ihren Schlachtfeldern erzielt werden könnten.

Ich möchte annehmen, daß sie in dieser Zeit über alle möglichen Tiere nachgedacht haben und besonders intensiv über die, die ihnen Furcht einjagten und durch ihre bloße Anwesenheit Panik auslösten, die Löwen und die Tiger, um Namen zu nennen. Wenn sie sich von solchen Projekten nach einer größeren Zahl mißglückter Experimente wieder verabschiedet haben, so durften sie im Gegensatz dazu bei der Heranziehung von uns Elefanten zu ihren Kriegsgeschäften ebenso rasche wie ermutigende Fortschritte verzeichnen. Wir sind nun einmal zu Lande die kräftigsten Tiere, und auf die Kraft kommt es beim Kämpfen zuallererst an. Hierzu gesellt sich, daß wir nicht wie andere Arten ein grundsätzliches Vorurteil gegen die Manuscher hegen. Ich brauche ja nicht erst zu erklären, daß bei alledem, was ich heute nacht gegen sie an Bedenklichem vorgebracht habe, sehr, sehr vieles sie liebenswert macht: ihre zarte, nackte Haut, ihre klugen Augen, die Vielfältigkeit ihres Ausdrucks, ihre drolligen Bewegungen und und und. Jede Wette gehe ich ein, daß, wenn die Manuscher euch die Ketten abnähmen und ihr euch erst eine gehörige Weile ausgetobt hättet im Dschungel, ein erklecklicher Teil von euch zurückkehren würde, denn die Zusammenarbeit mit ihnen hat, wem sage ich das, eben auch seine Vorteile. Mit einem Wort, wir waren die gemachte Kriegsmaschine für sie.

Also hieß es für uns fortan nicht mehr Bäume umlegen und wegschleppen für sie, um auf solche Weise die Vorarbeiten dafür zu leisten, daß sie ihre Siedlungen und Pflanzungen dorthin ausdehnen konnten, wo zuvor undurchdringliche Wälder gestanden, sondern Exerzieren. Auf ihren Übungsplätzen antreten in Reih und Glied, frontale Attacke, geordneter Rückzug, Ausschwenken nach beiden Flügeln, mit den Stoßzähnen Pferdeattrappen aufspießen, als Feinde verkleidete Puppen mit dem Rüssel in der Luft herumwirbeln und dergleichen Schabernack mehr, das waren die neuartigen Beschäftigungen, denen unsere Vorväter nun von früh bis spät frönten.

Es wirkt aus heutiger Sicht mehr als erstaunlich, und Ayyeppan, der uns noch interessieren wird, ist nicht einmal das krasseste Beispiel dafür, daß die zur Armee einberufenen Elefanten sich ihrem neuen Aufgabenfelde nahezu ausnahmslos mit einer derartigen Hingabe und Begeisterung widmeten, daß sie den kriegerischen Elan der Manuscher weit hinter sich ließen. Dies häufig bestrittene, aber vielfach bewiesene und daher feststehende Faktum hat in der langen Kette von Weisen und Gelehrten in unserer Familie, die ich erwähnte, ein immer wachsendes Befremden erzeugt über die eigene Natur und die absonderlichsten, krausesten Erklärungsversuche zum Vorschein gebracht.

Der Hypothesen sind viele, und ich bin sowenig wie meine Vorgänger berufen, ein endgültiges Urteil in dieser Frage zu fällen. Dennoch will ich euch meine ebenso bescheidene wie persönliche Meinung hierüber nicht vorenthalten und es euch selbst überlassen, ob ihr sie annehmt oder verwerft. Meine Vermutung geht dahin, daß jener berühmte Patriotismus, auf den die Manuscher sich so viel zugute halten und mit welchem sie all ihre groben und gröbsten Versündigungen während der Kriege moralisch begründen, ein Gefühl ist, das nicht, wie sie glauben, von den Manuschern als der einzigen Art unter den Tieren empfunden wird, das vielmehr ebensosehr und vielleicht sogar in erheblich stärkerer Form in unserem Elefantenherz wohnt.»

In unserer Eigenschaft als Übersetzer der Reden des Schwarzen Makhnas betrachten wir es als unsere Pflicht, hervorzuheben, daß er einen äußerst beweiskräftigen Beleg hatte für seine kühn anmutende Behauptung in der elefantischen Vokabel für «Patriotismus», derer er sich bediente und die wortwörtlich wiederzugeben wir das französisierende «Elephantitude» vorschlagen möchten. Zusätzlich können wir ihm beipflichten, wenn wir psychologisch argumentieren, denn der Affekt, den die bloße Aufrufung des Begriffs bei ihm auslöste, war so mächtig, daß in der anschließenden Passage sein Ton und seine Ausdrucksweise sich ins Schwülstig-Aggressive verfärbten, wie wir es von unseren menschlichen Kriegstreibern leider nur allzugut kennen.

«Ist denn nicht dieses Land», rief er hysterisch-pathetisch, und seine Stimme zitterte noch in der Zäsur, die er effekthascherisch machte.

«Ist denn nicht dieses Land», wiederholte er rhetorisch, als ob es schon ein vollständiger Fragesatz wäre, und legte erneut eine Zäsur ein.

«Ist denn nicht dieses Land», zum dritten Mal endlich, «dieses Land, das die Manuscher heute ‹Bhaarat› nennen und das in jenen glorreichen Zeiten mit ein und demselben Wort für sie wie für uns ‹Jambudvipa› hieß, ist denn nicht dieses Land überhaupt erst von uns, den Elefanten, urbar gemacht worden durch die Kraft unserer Rüssel? Und wer war es, als die hellhäutigen Feinde kamen in übermächtiger Zahl und schritten über den Indus, die als einzige ihnen standzuhalten vermochten, die sie hinderten am weiteren Vormarsch …?»

In solch blindwütigen Schwadronaden und schalen Phrasendreschereien gefiel sich der Schwarze Makhna und warf damit all das, was er eben an Klugem und Bedenkenswerten aufgestellt hatte, über den Haufen. Wir hätten ihm hier im eigensten Interesse das Wort zu entziehen gehabt, wäre nicht der schätzbare und trotz seiner Eitelkeit feinfühlige Patmanaban uns zuvorgekommen, der mutig der chauvinistischen Entgleisung ein Ende bereitete, indem er dem Vortragenden in die Rede schnitt mit der keine Ausflüchte duldenden Frage:

«Was geschah mit Abramu und Ayyeppan?!»

VIII

«Abramu hatte in ihrem nicht gerade ereignisarmen Leben noch keinen manuscherischen Soldaten vor den Rüssel bekommen. Was sollte sie jetzt sagen, da ein Elefant sich ihr in martialischem Kleide als Angehöriger dieses Stands präsentierte? Sie war darauf bedacht, sich vor dem Unbekannten keine Blöße zu geben, und nahm es hin, als wisse sie bestens, welche Bewandtnis es hatte damit.

‹So, so, ein Soldat bist du also›, sprach sie konziliant, weil der andere Komment gezeigt und sich sehr korrekt vorgestellt hatte. ‹Ayyeppan heißt du. Ich möchte sagen, er steht dir, der Name. Meiner ist Abramu, und ich war, offen gestanden, nicht vorbereitet, in dieser Gegend Bekanntschaften zu machen.›

‹Nun, Abramu›, erwiderte Ayyeppan, und sein Ton wurde merklich lockerer, indem er sich warmzureden begann, ‹wenn du mir also gestattest, dich bei diesem überaus wohlklingenden Namen zu nennen, ich war gleichfalls davor, mich damit abzufinden, den Kontakt mit der Welt auf ewig verloren zu haben. Ich hoffe, es läßt dich nicht an meiner Tapferkeit zweifeln, wenn ich dir einbekenne, daß ich zerknirscht war und mutlos, weil sie doch denken müssen, ich sei zum Feind übergelaufen.›

‹Müssen sie das?› meinte Abramu, als habe sie vollstes Verständnis, wußte dabei aber nicht einmal recht, was ein Feind war.

Ayyeppan war hocherfreut, daß Abramu sich so vertraut mit seinen Verhältnissen zeigte, und erklärte sich weiter.

‹Ich hätte gekämpft bis zum Ende, aber der Befehl hieß: zurück! Und Befehl ist Befehl. Sobald wir nur halbwegs heraus waren aus dem Regen der Pfeile und dem Hagel aus den Steinschleudern unserer Verfolger, gab mir König Bindusara das Kommando, stehenzubleiben und Treppe zu machen, damit er absteigen konnte, weil er glaubte, auf dem Rücken eines Pferdes schneller und damit sicherer entrinnen zu können. Das hat mich gekränkt, ich will's nicht verleugnen, denn ich habe sein Leben so manches Mal aus Situationen, die erheblich brenzlicher waren, gerettet, schwere und schwerste Verwundungen auf mich genommen, um ihn zu schützen.›

Während Ayyeppan Abramu auf solche Weise mit den Einzelheiten seines jüngsten Kriegserlebnisses bekanntzumachen suchte, hatten sie, ohne sich zu verabreden darüber und ohne es eigentlich recht zu bemerken, begonnen, gemächlich einherzuschlendern, Seite an Seite, ganz, als seien sie lang, lang miteinander befreundet. Abramu hörte, wie Ayyeppan bei der wilden Auflösung der glücklosen Armee völlig den Kontakt zum Rest seiner Truppe verloren, wie er bei der Rückkehr zum Schlachtfeld beinahe eingefangen worden wäre von den siegreichen Feinden, wie er sich dann doch hatte durchschlagen können, wie er Tage und Nächte herumgeirrt war in den Wäldern und, je verzweifelter er versucht, wieder Anschluß an seine Einheit zu finden, sich doch nur immer weiter entfernt hatte von ihr. Irgendwann mußte er's aufgeben und die Hoffnung sausen lassen, weil er sich bar jeglicher Orientierung verlaufen hatte und tief, tief im Feindesland steckte. Da war guter Rat teuer und Ayyeppan im schärfsten Konflikt mit seiner soldatischen Ehre, weil seine Uniform ihn kenntlich machte auf Meilen als den Leibelefanten des Königs, auf den jeder, der ihn entdeckte, Manusch oder Elefant, augenblicklich Jagd machen würde, denn natürlich stand höchste Belohnung auf die Erbeutung solcher Trophäe.

Obwohl Ayyeppan mit seiner exponierten Stellung keineswegs renommierte, sondern dies alles in einem Tonfall selbstlosester Bescheidenheit vorbrachte, waren seine Worte geeignet, Abramu, ohne daß sie vorerst von der Ordnung militärischer Ränge das geringste begriff, den allerhöchsten Respekt einzuflößen.

Ayyeppan gestand ihr, und es klang dabei in seiner festen, bulligen Stimme etwas Wimmernd-Wehleidiges mit, das Abramu nur noch stärker einnahm für ihn, daß er in seiner Not mit dem Gedanken gespielt habe, seines soldatischen Ehrenkleides ledig zu werden. Er war so weit gegangen, sich an vorstehenden Astgabeln zu reiben, um mit deren Spitzen unter die Schuppen seines Panzers zu dringen. Tatsächlich war es ihm nach einiger Übung in dieser Technik gelungen zu erreichen, was so viele Pfeile und Speere der Feinde vergeblich gewollt, nämlich an einer Stelle das Geschmeide zu lösen.

Ayyeppan zeigte Abramu das Loch, und sie führte ohne Zögern ihren Rüsselfinger dahin, froh über die Gelegenheit, so unverfänglich seine Haut beschnuppern und betasten zu können. Ayyeppan zuckte zusammen, denn er hatte bei seiner Operation nicht nur die Uniform des Königselefanten beschädigt, sondern auch sein eigenes Fleisch eingeritzt.

‹Das müssen wir unbedingt behandeln›, sagte Abramu besorgt. ‹Die Wunde eitert und kann dir sehr gefährlich werden, wenn etwa Rost oder Grünspan eindringen sollte.›

Ayyeppan schüttelte brummend den Kopf; er hatte wirklich Verwundungen ganz anderer Art überlebt. Da er sich im weiteren ausschwieg über den Punkt, blieb Abramu im unklaren darüber, ob er seine Bemühungen, sich den Klimperkram vom Leibe zu streifen, eingestellt hatte, weil er dabei am meisten sich selber verletzt, oder weil er sich damit endgültig dem Verdacht der Fahnenflucht ausgesetzt haben würde.

‹Gell›, sagte er jetzt zu Abramu und legte dabei mit großer Selbstverständlichkeit seinen Rüssel auf ihren Nacken, ‹du verrätst mich nicht. Du wirst dir nicht die Belohnung verdienen, um mich ihnen ans Messer zu liefern?›

‹Wie kommst du darauf!› erwiderte Abramu entsetzt. ‹Schäme dich, Ayyeppan, mir die Denkweise der Manuscher unterstellen zu wollen. Nie, nie würde ich einen Elefanten verraten.› – ‹Und am wenigsten dich›, setzte sie nach einer kleinen Pause halblaut und undeutlich, als hätte sie's nur zu sich selber gesprochen, hinzu, aber Ayyeppan verstand es sehr gut, und das Blut schlug ihm heftig unter die Stirn, als er das Geständnis kapierte, das sich hinter diesen Worten verbarg.

Diese Spekulation auf Abramus Gefühle bestätigte auch, daß sie seinen Rüssel nicht wegschob, sondern im Gegenteil nach einer Zeit auf der anderen Seite dessen Ende mit dem ihren umschlang.

‹Hast du denn gar keine Angst›, fragte er, ‹so Rüssel in Rüssel mit mir einherzuspazieren durch die offene Landschaft, wo uns jeder Elefant, jeder Manusch sehen und beobachten kann?›

‹Nein›, sagte Abramu.

Dann blieben sie stehen und sahen einander lange und tief in die Augen, ließen die Wellen der Liebe und der Lust zwischen sich wogen. Sie wurden an Ort und Stelle ein Paar.

Wochen vergingen, Abramu und Ayyeppan feierten Hochzeit und kümmerten sich wenig oder gar nicht um die

Dinge der Zukunft. Manchmal bat sie ihn, halb neckisch, halb ernst, sich zu befreien aus seiner kalten Umhüllung. Es hatten die Kanten der Messingplatten, da er sie viele Male am Tage bestieg, ihr schon ganz den Rücken zerschabt. Das jedoch wies Ayyeppan schmunzelnd und scherzend und, wenn sie dringlicher wurde, mit Strenge und Bestimmtheit von sich. Und als ihr Honigmond sich erfüllte, kam er auch mit der Sprache heraus.

‹Ich muß zurück zur Armee›, sagte er eines Morgens unvermittelt und stürzte damit auch Abramu aus den Wolken des siebenten Himmels, auf welchen sie gemeinsam dahingeschwebt waren.

Abramu weinte bitterlich und bereute in brennenden Schmerzen all die Gefühle, die sie ihm so ganz ohne Rückhalt geschenkt hatte. Ayyeppan versuchte, Worte des Trostes zu sprechen, und als er es einsah, wie fehl sie am Platze, quollen auch aus seinen Augen die Tränen hervor. Sie umklammerten sich mit ihren Rüsseln in ihrer Verzweiflung, und weil sie so gewöhnt daran waren und weil ihr gegenseitiges Verlangen unstillbar schien, wurde ein weiterer Akt ihrer Liebe daraus.

‹Aber es kann doch nicht immer so weitergehen›, meinte Ayyeppan, als sie anschließend aneinandergelehnt im Grase saßen und dösten.

‹Aber ich werde doch ein Kalb bekommen von dir›, sagte Abramu, und Ayyeppan stutzte, denn es klang seinen Ohren da eine ganz neue Stimme aus ihr. Auch hatte er sich die Konsequenz, so logisch sie war, noch nicht selber vor Augen geführt.

Er erhob sich mit einem Ruck und stapfte nervös auf und ab.

‹Oh, Prasanna!› stieß Abramu bitter hervor. ‹Schwester!

Wie konnte ich deinen weisen Ratschlag vergessen? Bullen! Sie sind alle, alle gleich!›

‹Abramu!› fuhr Ayyeppan sie an, und das war denn auch von seiner Seite ein ganz neuer Ton. ‹Kannst du mal für fünf Minuten die Klappe halten, wenn ich über etwas nachzudenken versuche?!›

Abramu gab noch einen schrillen Schmerzenslaut von sich, als sei sie von einem Wurfgeschosse getroffen, preßte dann Kopf und Rüssel zwischen den Vorderbeinen ins Gras und schluchzte unterdrückt vor sich hin. Ayyeppan stapfte und stapfte, erst weiter hin und wider, sodann im Kreise herum um sein schwangeres Weib. Mit aller ihm zu Gebote stehender Kraft rang er, seinen Verstand von den widerstreitenden Gefühlen, die ihn anstürmten und furchtbar verwirrten, zu lösen, um aus geklärter Vernunft die kühle Entscheidung fällen zu können, auf die es jetzt ankam. Abramu glaubte, schier wahnsinnig werden zu müssen, so peinigte das monotone Scheppern seines Messingbehangs ihre überanstrengten Nerven.

Endlich, endlich wurde sein Schritt langsamer, und seine Sohlen drückten behutsamer gegen die Erde. Abramu wagte es aufzublicken, und nachdem sie, so gut es ging, ihre triefenden Honigaugen getrocknet, stellte sie ihm unterwürfig und bereit, sich in jedes Los, das er ihr bestimmen würde, zu schicken, die Frage:

‹Und, mein geliebter Ayyeppan? Was ist? Bist du zu Rande gekommen mit deinem Denken?›

Er trat ganz dicht an sie heran und legte seinen Rüssel in die Furche zwischen den beiden Höckern auf ihrem Kopf.

‹Es ist unmöglich, daß ich dich allein lasse›, sprach er getragen und wichtig. ‹Es ist schon deshalb unmöglich, weil ich dich liebe und ohne dich niemals glücklich sein könnte. Erst recht verbietet es sich, daß wir uns trennen, in Anbetracht des Zustands, in dem du dich befindest und der für uns beide im Grunde ein Anlaß großer Freude, ja des Frohlockens und des Jubels sein sollte. Das andere ist: ich *muß* zurück zur Armee. Auch daran ist nicht zu rütteln. Glaub mir, Abramu, ich habe es mit Sorgfalt und Akkuratesse erwogen, und es hat nichts mit Übermut, mit einem falschen, süßlichen und selbstgefälligen Heldengeiste zu tun, daß ich diesen Entschluß als unverrückbar erkenne. Ich fürchte nicht die Schande, die es bedeutet, sich ohne offizielle Entlassung fortzustehlen vom Dienst. Ich würde noch in dieser Minute gemeinsam mit dir beginnen, mir dies Schutzkleid, mit dem ich ausgezeichnet worden bin, Platte für Platte vom Leibe zu reißen, würde mit all meiner Kraft so lange gegen einen Felsvorsprung rennen, bis ich das letzte Stück des Turmes, in welchem der König gesessen, von meinem Rücken gebrochen, um nur in der Haut, wie sie mir von meiner Mutter gegeben, mit dir und dem Kleinen leben zu können. Ich bliebe mit euch in dem kargen, entlegenen Landstrich, wo wir uns kennengelernt, und gäbe nicht einen Furz mehr auf die Manuscher und ihre Kriege, auf ihre Orden und Sonderrationen. Ich sähe meine Pflicht ausschließlich darin, dir ein Beschützer und unserem Kleinen ein guter Vater zu werden und setzte all meinen Eifer darein, in diesem Dienst tapfer und siegreich zu sein. So wäre es. Ich spreche von Herzen und schwöre es dir in den Rüssel. Aber es geht nicht um mich. Der König braucht mich, und es braucht mich auch die Armee. Das sind Manuscher, möchtest du sagen, aber es stimmt nicht. Die Armee, das sind wir, die Elefanten. Unser Regiment ist das wichtigste, teuerste, effektivste, nach ihm richtet sich die Organisation aller übrigen Teile des Heeres. Es mag dir wie eine maßlose Selbstüberschätzung klingen, Abramu, aber ich habe in diesem Regiment eine Funktion von eminenter Bedeutung, und es ist kriegsentscheidend, ob ich fehle oder dabei bin. Ich bin bei den Elefanten so unersetzlich wie in den Reihen der Manuscher ihr König.›

Ayyeppan hob seinen Rüssel von Abramus Kopf, wo er während seiner ganzen Rede geruht hatte, und führte ihn an die eigene Stirne. Er wollte sich prüfen, ob er mit seinen letzten Worten nicht doch stark übertrieb und sich aus Eitelkeit wichtiger machte, als er in Wirklichkeit war.

‹Dann mußt du gehen›, sagte Abramu aus dem edlen Wunsche heraus, ihm die Entscheidung leichter zu machen.

Ayyeppan ließ seinen Rüssel zurücksinken in die Mulde zwischen den Hügeln der geschwungenen Decke von Abramus Schädel, denn er war noch nicht fertig.

‹Es gibt nur einen einzigen Ausweg aus der verzwickten Lage, in der wir stecken. Du mußt mit mir kommen in das Hauptquartier der Armee. Dort, in den Stallungen der königlichen Kriegselefanten, wirst du unseren Sohn zur Welt bringen müssen.›

Abramu hätte sich nicht zu erinnern vermocht, je in ihrem Leben glücklicher gewesen zu sein als in dieser Sekunde.

‹Ayyeppan, Ayyeppan!› jauchzte sie, ‹ich liebe dich, Du bist so klug, du bist so gütig. Du denkst ja nicht nur für dich, du denkst für mich mit und auch für unser Kind, das doch noch nicht einmal auf der Welt ist, und du weißt schon, daß es ein Bulle sein wird. Und auch für die Manuscher denkst du, wo man doch annehmen möchte, sie wären selbst dazu besser imstande, denkst für die ganze Elefantenheit und sorgst für ihre Zukunft. Ich bin so unsagbar stolz auf dich, Ayyeppan, und ein Gefühl geht auf in meinem Herzen, wie ich es vorher nicht kannte, daß du mich nicht fortstoßen willst wie ein Spielzeug, an dem man das ursprüngliche Vergnügen eingebüßt hat, sondern zu mir halten in Treue. Kein Weg soll mir zu weit sein, jede Strapaze, jede Entbehrung will ich freudig erdulden, wenn ich nur immer, immer in deiner Nähe sein darf.›

‹Ja, Abramu, treu will ich dir sein, und nichts als der Tod soll uns scheiden. Und es ist auch für mich ein neues, unendlich köstliches Fühlen, in dieser Gewißheit zu leben. Denn ich spüre, wie tief hinein in dich ich verliebt bin, daran, wie deine gute Stimmung mich hebt. Trotzdem ist es besser, wenn ich es dir gleich jetzt und von vorneherein sage, daß es ganz so, wie wir es uns wünschen, nicht immer wird sein können. Wenn ich an der Spitze der anderen Elefanten wieder hinausziehe in den Krieg und seine einzelnen Schlachten, dann wirst du im Schutze des Palastes zurückbleiben müssen. Nicht, weil ich behaupten will, der Krieg sei Bullensache und Kühe hätten dabei nichts zu suchen, aber deine Aufgabe wird sein, dich ausschließlich um die Pflege und die Erziehung unseres Sohnes zu kümmern, denn wirklich bin ich ohne Rest überzeugt, daß es ein männlicher Nachkomme ist, zu welchen ich dir den Samen gespendet. Was die Entbehrungen angeht, von denen du sprichst, und die Strapazen, muß ich dich, so schwer es mir fällt, versichern, daß sie in großer Zahl und Stärke vor uns gelegt sind, dazu noch Gefahren, die erkannt und bestanden sein wollen. Denn der Weg, den gemeinsam zu gehen wir uns soeben geeinigt, ist der längste unter den denkbaren. Aber wenn wir erst einmal dort sind und es geschafft haben werden, einzuziehen in Pataliputra, die Hauptstadt des Reiches, dann steht dir und dem Kleinen, der einst wie sein Vater ein Großer sein wird, sollte auch früher oder später in der Schlacht mich das Schicksal ereilen, ein Leben in Ehren und Luxus bevor.›»

Bei aller gebotenen Zurückhaltung können wir doch nicht

umhin, an dieser Stelle für den Leser einen kurzen erläuternden Kommentar in die Erzählung des Schwarzen Makhna einzuflechten. Die Elefanten verfügen im allgemeinen nicht nur über einen Sinn der Orientierung, der oftmals verblüfft, sie haben auch etwas, was wir ohne größere Verzerrung «Geographie» nennen können. Allerdings ist sie, sowohl hinsichtlich der Wahrnehmung großer Landmassen und des Raums, den sie füllen, als auch in Hinsicht auf die Terminologie, mit deren Hilfe sie ihre diesbezüglichen Erfahrungen tauschen, von unserer menschlichen derart verschieden, daß wir sie um der lieben Lesbarkeit willen unserem Büchlein nicht aufzulasten gedenken. Wir setzen das Einverständnis unseres Lesers voraus, wenn wir ihm der Einfachheit halber Ausgangs- und Zielpunkt der Wanderung, zu welcher Abramu, das Kind unter dem Herzen und den Gatten zur Seite, neuerlich aufbrechen sollte, auf der Karte des heutigen Indiens anzeigen, wo er sie in seinem Hausatlas bequem auffinden kann.

Als ihre Flitterwochen mit dem schmerzlich-vernünftigen Beschluß, von dem wir hörten, zu ihrem Ende kamen, befanden sich Abramu und Ayyeppan im südlichsten Teil des Subkontinentes, nicht sehr weit entfernt von jenem Guruvayur, wo wir, unsichtbar unter die Reihen der Tempelelefanten gemischt, die merkwürdigen Geschichten, die der Schwarze Makhna von seinen Urahnen erzählte, vernehmen, genauer: in dem Bergland zwischen Kochi und Madurai, an der Grenze von Tamilland und Kerala, wo auch heute noch Elefanten freies Wildleben führen. Von dort wollten sie nun allen Ernstes die Reise antreten bis hin nach Pataliputra, der damaligen Hauptstadt des unter den Mauryas sich formierenden indischen Großreichs, deren Ruinen man in der Nähe der Stadt Patna am Unterlauf der Ganga, kurz bevor sie sich in ihr bengalisches Delta verzweigt, besichtigen kann. Die zwischen diesen beiden Orten liegende Strecke war an sich schon so beträchtlich, daß die wenn auch im Vergleich zu uns oder anderen Tieren extrem lange Tragzeit Abramus dafür als eher knapp angesehen werden mußte. Erschwerend trat aber hinzu, daß sie das dem König Bindusara verfeindete Kalinga im Gebiet der heutigen Bundesstaaten Orissa und Madhya Pradesh in weitem Bogen zu umgehen hatten.

So erklärte es der Schwarze Makhna seinem Publikum auf die elefantische Art. Auch über diesen Punkt wurde in den Wochen, welche sich anschlossen an seinen Besuch, im Aanakotta sehr lebhaft gestritten. Besonders zeigten sich diejenigen ungläubig, die den Auftritt des illustren Gastes versäumt hatten, teils, weil sie zu spät von Pattambi zurückgebracht wurden, teils, weil sie sich an noch entfernteren Festivalorten, wohin sie von der Tempelverwaltung vermietet, aufgehalten hatten. Diese Bedauernswerten mußten sich mit Fragmenten «aus zweitem Rüssel» sozusagen begnügen, die unbefriedigend waren, weil sie der Formkraft, welche die poetische Ambition des Schwarzen Makhnas seiner Rede geliehen, zur Gänze entbehrten, und weil außerdem die einzelnen Fetzen, in welche der Stoff auseinandergerupft wurde, sich zueinander nicht fügten. Es ist daher verständlich, daß unter jenen, welchen die Romanze zwischen Abramu und Ayyeppan unter solchen Entstellungen weitererzählt wurde, einige im Zweifel darüber blieben, ob der famose Besuch des Schwarzen Makhnas wirklich stattgefunden haben mochte oder ob er nicht eher ein Produkt kollektiver Einbildung war.

Ihre kräftigste Nahrung fand solche Skepsis an der Behauptung, es hätte das Paar auf eigenen Sohlen die Wanderung von den Palmenwäldern Keralas bis hinauf in das weite Tal der Ganga gemacht. Das wurde als barer Unfug abgetan, somit die Sache als Ganzes in Frage gestellt. Sollte in der Tat, so wurde gesagt, eine solche schwarzbehautete heilige Schwuchtel von einem Kurzzahn nächtens eingedrungen sein in den befestigten Wohnsitz von Krischnas Elefanten, so habe er die Anwesenden jedenfalls zu seinen Narren gehabt.

Hier hatten endlich einmal die Assamesen, die ansonsten eher geschnitten und beständig zurückgesetzt wurden, ein Wort von Gewicht einzulegen. Sie hatten ja in der entgegengesetzten Richtung einen noch deutlich längeren Weg hinter sich bringen müssen, wenn auch nicht per pedes, sondern auf der Ladefläche von Motorfahrzeugen.

«Wenn ihr so wie wir ein bißchen herumgekommen wäret im Lande», hielten sie den Spöttern entgegen, «dann wüßtet ihr vielleicht gar, wovon ihr redet. Ihr seid doch auch schon einmal zu diesem oder zu jenem Ezhunnallippu hinkutschiert worden und habt es miterlebt, wie hierzulande im Straßenverkehr die Verhältnisse sind, wie schwer man vorankommt und daß man meistenteils in einer Wolke von Abgasen steht. Da haben wir uns auf der schrecklichen Reise, zu der man uns gezwungen, weil eure Tempelfritzen mit dem Geld, über das uns der Schwarze Makhna so schöne Aufklärung gab, uns aus unserer geliebten Heimat fortkaufen mußten, und von der wir nicht mehr glauben konnten, daß sie je an ein Ziel führen würde, mehr als einmal gewünscht, abzusteigen und, wenn es schon feststand mit unserer Deportation, sie wenigstens auf den eigenen Beinen und in frischer Luft vornehmen zu dürfen. Das wäre auch nicht viel langsamer, dafür aber wesentlich gesünder und lustiger vor sich gegangen.»

Gewiß hätte der Schwarze Makhna den Verdächtigungen gegen die große Wanderung von Ayyeppan und Abramu den Boden entzogen, hätte er sie den Aanakottanern Etappe für

Etappe mit Ausschmückung all ihrer Schönheiten und Schrecknisse zum besten gegeben. Jedoch prellte er seine Zuhörer um diesen Sack, dicht gestopft mit Abenteuern, Mißgeschicken und Glückszufällen, und erledigte das Ganze der Angelegenheit mit einem einzigen Satz: «Sie kamen vor die Tore von Pataliputra.»

Er hatte mit einem Blick zum Himmel den Stand der Sterne geprüft und dort den ersten Boten des kommenden Morgens entdeckt. Das Wichtigste und Eigentliche seines Berichts hatte er aber noch gar nicht berührt, und so hieß es, der Sache ein wenig Gewalt tun und Ballast abwerfen, um Fahrt machen zu können, was nötig war, wenn er das Schifflein seiner Erzählung mit dem Wertvollsten der Ladung vor Tagesanbruch an Land bringen wollte.

IX

«Sie kamen vor die Tore von Pataliputra. Die Stadt war damals von einer hohen Palisade aus starken Holzstämmen umgeben, von weitem erkannte Ayyeppan sie wieder. Auch ihn entdeckten die Späher auf ihren Türmen in großer Entfernung, und jeder wollte der erste sein, dem König die Heimkehr des goldbedeckten Lieblingselefanten zu melden.

Mit der Eile des Windes verbreitete sich die gute Nachricht in den Häusern der Bürger, und eine große Volksmenge zog Ayyeppan und Abramu entgegen. Auch König Bindusara trat in dem Prunkgewand seiner Krönung hinaus vor das Tor, um den Verschollenen in eigener Person zu begrüßen. Er weinte vor Freude, als Ayyeppan die dichte Traube ausgelassenen Volkes, die ihn umschloß, zerteilte, um ihm entgegenzueilen. Sogleich ließ er sich von Ayyeppan mit dem Rüssel auf die Stoßzähne heben und erklomm in der schweren Robe mit der Gelenkigkeit eines Buben den Turm auf dem Rücken des geliebten, glückverheißenden Elefanten, von welchem Platz er so viele siegreiche Schlachten befehligt.

Da erhob sich der Beifall zu lautem Getöse. ‹Hoch König Bindusara!›, ‹Hoch Ayyeppan!› donnerte es vieltausendkehlig zu ihnen hinauf, und immer mehr Volk strömte herbei, niemanden hielt es mehr in der Stadt, selbst die Krüppel und Greise schleppten sich unter Ächzen hinaus, das unerhörte Ereignis mit eigenen Augen zu schauen. Der König aber breitete gebieterisch seine Arme, und als er die Menge damit zum Schweigen gebracht, verordnete er kraft seines Amtes ein siebentägiges Fest mit freiem Genuß aller berauschenden Getränke in den staatlichen Schenken und auch auf den Straßen. Dann zog er auf Ayyeppan an der Spitze der versammelten Massen, die ein Triumphgeschrei anstimmten, als hätten sie von den versprochenen Spirituosen das meiste schon intus, ein in seine Stadt, gerade so, als habe er sie eben erobert.

Wo aber, fragt ihr mit Recht, war bei alledem Abramu geblieben? Sie war zu Tode erschrocken, als die Manuscher in so großer Zahl auf sie zugerannt waren, und hatte Ayyeppan zurückhalten wollen. Aber er hatte den Rüssel seiner Gemahlin, mit dem sie sich ängstlich an eins seiner Vorderbeine geklammert, von sich gestreift und die Huldigungen der Bürger von Pataliputra dankend entgegengenommen. Vollends hatte er seine Gattin und die Schutzbedürftigkeit ihres hochschwangeren Zustands vergessen, als sein Auge über die Köpfe der ihn umringenden Manuscher hinweg den Mantel von König Bindusara erspähte. Verzweifelt hatte sie nach ihm gerufen, aber Ayyeppan hörte sie nicht in dem Gebrüll und Gedränge.

Sie konnte nicht zu ihm, denn auch um Abramu bildete sich ein fester Ring aus Manuschern, der sie tausendäugig beglotzte.

‹Unser braver Ayyeppan!› riefen sie. ‹Hat sich aus den Händen des Feindes befreit und auf dem Rückweg gleich noch einen Elefanten für uns aus dem Walde gefangen.›

Aber Abramu konnte sie nicht verstehen, denn die Manuscher von Pataliputra hatten eine andere Sprache als die, welche bei der Holzarbeit ihre Partner gewesen. Während sie in der Ferne noch schemenhaft sah, wie König Bindusara ihren Ayyeppan bestieg, wurde sie schon von den herbeigerufenen Elefantenhütern in Ketten gelegt und unsanft zu irgendwelchen Nebenställen in einem der schlechteren Stadtviertel bugsiert. Dort schmachtete sie bei kargem Futter während des ganzen, über sieben Tage sich hinziehenden Festes zu Ehren von Ayyeppans unvermuteter Heimkehr.

Dieser hatte natürlich, sobald der erste überschäumende Trubel seines Empfanges abgeflaut war, sich an seine bessere Hälfte erinnert, aber das war, wie er in der schmerzhaftesten Reue feststellen mußte, entschieden zu spät. Nun wurde es ihm zum Verhängnis, daß zwar wir Elefanten die Manuscher, wenn wir uns Mühe geben, bestens verstehen, daß umgekehrt aber sie nicht allein unserer Sprache unkundig sind, sondern daß sie wegen der eingeschränkten Empfänglichkeit ihrer winzigen Öhrchen unsere Worte nicht einmal hören. Er hätte toben mögen vor Wut, doch hinderte ihn die Erziehung, die er genossen, sich unter den Augen des Königs anders als vorbildlich zu benehmen. Nun war er es, der nachts in seinem Stall, während draußen in den Gassen die Instrumente und die Lieder der feiernden Manuscher erklangen, voller Verzweiflung wieder und wieder ihren Namen hinausschrie. Doch drangen diese Rufe nicht zu Abramu, ihr Gefängnis war viel zu weit entfernt vom Palast.

Alles, was sie in ihrem Kerker mitbekam während der Festtage von ihrem Geliebten, waren das Strampeln seines Nachfolgers in ihrem Bauch und dann und wann ein Betrunkener, der zu ihr in den Stall torkelte, um etwas Dringendes zu verrichten und, während er mit der einen Hand den Strahl auf ihre Füße auszurichten versuchte, mit der anderen eine halbleere Flasche emporreckte und dazu ‹Ayyeppan, er lebe! Es lebe der König!› grölte. Was nun den allseits so ausgiebig und inbrünstig Gefeierten selber anging, so war verständlicherweise sein Gemüt durchaus nicht auf Prozessionen und Gelage gestimmt.

Da es ihm, wie gesagt, durch Drill und Edukation unmöglich gemacht war, außerhalb von Übungsplatz und Schlachtfeld sich ungestüm und vernichtend zu zeigen, fiel er durch die unfreiwillige Trennung von Abramu in Niedergeschlagenheit. Der ehemals stolze Krieger und glückliche Familienvater in spe bot in seiner Niedergeschlagenheit einen wahrhaft erbarmungswürdigen Anblick und stürzte damit auch König Bindusara in große Besorgnis.

Als allererstes ließ er seinem Liebling Turm und Rüstung abnehmen, wo sich denn zeigte, daß Ayyeppans Haut sich unter der Versiegelung umgestaltet hatte zu einer einzigen riesenhaften Wunde voller Geschwulste und offener Stellen, übersät von Ekzemen und Pilzgeflechten der verschiedensten Art. So entsetzt Bindusara sein mußte, als er sah, was da zum Vorschein kam – kaum würde Abramu ihn geheiratet haben, wo er ihrem Wunsche entsprochen hätte, sich nackt vor sie zu stellen –, so erleichtert war der König doch auf der anderen Seite, weil diese schrecklichen Erkrankungen von Ayyeppans Haut mehr als hinlänglich dessen Mangel an Wohlbefinden erklärten. Augenblicks wurden nicht nur die Experten der Elefantenheilkunde, sondern auch die persönlichen Leibärzte des Königs verständigt.

Die Untersuchung nahm viele Stunden in Anspruch. Nach ausführlichster Beratung kam dies aus den hervorragendsten Medizinern des Reiches zusammengesetzte Gremium zu dem Ergebnis, der Fall sei ernst, aber nicht ohne Aussicht auf Heilung. Wollte man der Kur auch nur die geringsten Erfolgschancen geben, so mußte die erste Bedingung in der völligen Isolierung des Patienten bestehen. Sodann wurde bei strengen Auflagen für die Hygiene nicht nur des Krankenlagers, sondern auch von dessen Umgebung eine ausgeklügelte und pünktlichst zu befolgende Diät rezeptiert. Eine

Rückkehr des Leidenden in den Dienst bei der Armee stehe auf absehbare Zeit nicht zur Debatte, es sei denn, man beabsichtige, ihn seinem sicheren Tod zuzuführen, so sprachen die Ärzte.

Widerstrebend fügte sich Bindusara dem Urteil der Kundigen. Er hatte eben die Rüstungen für einen Kriegszug zum Abschluß gebracht, von dem ihm verschiedene seiner Minister hartnäckig abrieten aufgrund von Informationen, welche die Spione eingeholt hatten. Ayyeppans unvermutete Heimkehr war Bindusara als ein Zeichen erschienen, sich dennoch einzulassen auf dieses Wagnis. Nun erblickte er umgekehrt in Ayyeppans Hinfälligkeit einen Wink des Schicksals und eine Warnung, die gegen sein Vorhaben sprach, und er stellte die Kampagne zurück um ein Jahr.

Selbstredend wurde Ayyeppan nur noch melancholischer, als er all dieses hörte, denn er verstand im Gegensatz zu Abramu die Ausdrucksweise der Manuscher von Pataliputra sehr gut. Es ist gewiß, daß Bindusara, hätte er Abramu auch nur eine einzige Minute in ihrem Zusammensein mit Ayyeppan beobachten können, sie bei ihm gelassen haben würde. Rasch wäre unter der Wirkung der kräftigsten aller Arzneien, ‹Liebe› genannt, eine neue, gesunde Haut über seinen Körper gewachsen, und das Lokal seiner Genesung wäre gleichzeitig das von Abramus Entbindung geworden. Aber das ist Konjunktiv, und den gibt es nur in der Grammatik.

Während Ayyeppan nun beständig von einer ganzen Schar verdienter Heilkünstler umdoktort wurde, kümmerte man sich manuscherischerseits um Abramu erst wieder, als das Volk von Pataliputra seinen siebentägigen Rausch ausgeschlafen und die Leute von der Stadtreinigung Straßen und Plätze von den letzten Spuren der Festivitäten befreit hatten.

Nach Beendigung der Woche verordneter Freizügigkeiten

wurde Rädchen für Rädchen das Werk der großen Staatsmaschine wieder in Bewegung gesetzt, und so konnte es nicht ausbleiben, daß der oberste Minister des zivilen Elefantenwesens zwischen den Aktenstößen auf seinem Schreibtisch auch den Zettel mit der amtlichen Meldung des kuriosen Neuzuganges in seine zuständigen Hände bekam. Nun litten aber auch bei diesem hohen Funktionär Arbeitslust und Konzentrationsfähigkeit noch unter den Folgen übertriebener Schnapsfreudigkeit, und ohne sich die Mühe zu geben, den Bericht genau zu studieren, nahm er ein Detail, das ihm in sein aufseherisches Auge stach, zum Anlaß, es sich in einem kleinen Anfall der Tobsucht gemütlich zu machen. Unverzüglich ließ er den Stab seiner Untergebenen antreten und plusterte sich mächtig auf, um ihnen abwechslungshalber wieder einmal gehörig den Marsch zu blasen und ein erfrischendes Donnerwetter auf sie niedergehen zu lassen.

‹Schlamperei, Inkompetenz, Sabotage!!› brüllte er ohne Einleitung oder Begrüßung, als sie sich, geordnet nach Rang und Gehaltsstufe, vor ihm aufgereiht hatten.

‹Schwachköpfe, Idioten, Blutsauger›, das war seine Nomenklatur, und mit Absicht ließ er die Herbeizitierten vorläufig im unklaren darüber, worin das Vergehen bestand, um dessentwillen er sie heute zur Verantwortung zog.

So hatten sie Zeit, ihre blutentleerten Gesichter auf die Nägel ihrer aus den Sandalen hervorschauenden Zehen zu richten und mit stillen Gebeten darum zu flehen, es möge nicht um eine der eigenen, sondern um eine der vom Nachbarn begangenen Betrügereien zu tun sein bei dem Strafgericht, zu dem sie geladen. Mit heimlichem Vergnügen spannte und streckte der Minister die Ungetreuen auf dieser Folter und erging sich einstweilen polternd und fluchend in Allgemeinheiten. Er unterließ hierbei nicht die Erwähnung, er sei für die Beförderung zum Minister für das militärische Elefantenwesen vorgeschlagen und werde, wo irgendein vorwitziger Amtmann sich einbilde, diesen Aufstieg durch seine Dummheit und Heimtücke vereiteln zu können, denselben zertrampeln wie einen Schädling, der dem ehrlichen, fleißigen Bauern die Ernte vom Halm frißt. Endlich kam er auf den Grund seines akuten Zornes zu sprechen.

‹Seit wann, meine Herren, werden in diesem Land trächtige Kühe aus den Elefantenwäldern gefangen? Zu welchem Zweck, frage ich, gibt der König jedes Jahr höhere Unsummen aus, seine Beamten das Arthaschastra studieren zu lassen?›

Denjenigen, der als vor ihm Höchstverantwortlicher die Meldung von Abramus Verwahrung bestätigt hatte mit seinem Siegel, ließ er den entsprechenden Paragraphen in Kautilyas Lehrbuch von den Verwaltungswissenschaften laut vorlesen und zweimal auswendig Wort für Wort wiederholen. Ihr seht, liebe Aanakottaner, wie ernst die Manuscher es nehmen mit ihrem Besitz, wenn sie ihr Eigentum an der Kuh, die sie auf Liebesferien in die Wälder geschickt, und selbst noch an dem Kind, das sie dort in Freiheit empfängt, gegeneinander abgesichert haben durch ein Gesetz.

‹Es mag schon einmal so unterlaufen›, fuhr der Minister dann scheinbar versöhnlicher fort, ‹daß versehentlich eine schwangere Elefantin miteingefangen wird, weil man ihren Zustand verkennt. Mir aber in aller Unverfrorenheit und offensichtlich sogar noch mit Stolz auf dem Amtsweg Bericht zu erstatten, man halte eine Kuh, die, wie es wörtlich heißt, schätzungsweise im zwanzigsten Monat ihrer Schwangerschaft steht, bereits seit zehn Tagen fest, das, meine Herren, übersteigt eindeutig meine Begriffe. So etwas mag bei einem wilden Bergstamme vorkommen, deshalb werden diese Leute ja auch von uns unterdrückt und zahlen uns Steuern. Wenn aber dergleichen in dem Reich, das der große Candragupta gegründet und das von seinem Sohn Bindusara zu unser aller Wohlergehen und Heile so glänzend regiert wird, einreißen sollte, dann ist es morgen vorbei mit diesem Staat und der ganzen Beamtenherrlichkeit. Wenn ich also von dir gemeingefährlichem Tölpel nicht die fälligen 200 Panas Strafe verlange oder, wie es nach einer anderen Stelle im Kautilya ebenso rechtmäßig wäre, gar das Achtzehnfache des Wertes des mißhandelten Elefanten, so ist dies ein Akt der Gnade. Du wirst in die Bergwerke gehen.›

Der Verurteilte machte leise Anstalten, etwas zu seiner Verteidigung vorbringen zu wollen, wurde aber schon vom Blick des Ministers niedergeblitzt.

‹Wage es, mich zu deiner Impertinenz noch mit deinem ungereimten Lügengeschwätz zu belämmern!›

Nein, es war nicht der Tag, mit dem Minister zu scherzen oder auch nur zu reden.

‹Ich erwarte, daß diese Kuh noch heute nacht – und zwar in aller Diskretion, wohlverstanden! – aus der Stadt entfernt und in den Wald zurückgebracht wird, wo sie hingehört. Dieses Blatt habe ich nie zu Gesicht bekommen.›

Er knüllte die Meldung zu einer Kugel und hieß den Überbringer, sie zu verschlucken.

‹Wenn der König Wind kriegen sollte von dieser Sache, dann kostet es mich den Kopf, und das garantiere ich euch, daß mir in solchem Falle nicht einer von euch Hanswursten, wie ihr hier betröppelt herumsteht, ungeschoren davonkommen wird. Nun, meine Herren›, schloß er die Zusammenkunft mit einem Wink auf die Aktenberge bei seinem Schreibtisch, ‹bitte ich Sie, mich zu entschuldigen, denn ich habe, wie Sie sehen, zu tun.›»

X

«So also geschah es, daß Susima diese Welt nicht im staubigen Stall der Nutzelefanten bei der Stadtmauer erblickte, sondern gleich mit dem ersten Atemzug die würzige Waldluft einsaugen durfte», leitete der Schwarze Makhna zu der nächsten Abteilung in seiner Geschichte, sichtlich erfreut über die glücklichen Abkürzungen, die er gefunden, und erleichtert, daß er, spät zwar, aber dennoch erheblich früher als von ihm selber erwartet, den eigentlichen Helden endlich auf die Bühne gebracht hatte.

«Wenn ich ihn gleich bei seiner Geburt mit dem Namen Susima anrede», korrigierte er, was er soeben gesagt, «so ist das im Grunde genommen nicht richtig. Es gab am Hofe zu Pataliputra schon einen Susima, allerdings einen Manusch, und wir werden alsbald von ihm Verschiedenes hören. Indessen wußte Abramu von ihm zu diesem Zeitpunkt noch nichts und wäre also nie auf den Gedanken verfallen, ihren Sohn nach ihm zu benennen.

Natürlich hatte sie auf der weiten Reise gelegentlich versucht, über dies Thema mit Ayyeppan Ratschlag zu halten, mußte zu ihrem wachsenden Unmut jedoch dabei stets kapitulieren, weil Ayyeppan sofort den Beleidigten spielte, wenn sie es auch nur scherzhalber zur Möglichkeit machte, dem Jungen einen anderen Namen als den seinen zu geben. Jetzt, als das süße Knuddelding unter ihr lag und sie gemeinsam mit den anderen Kühen der Herde, an welche sie Anschluß gefunden, behutsamst damit begann, ihn aus der Fruchtblase zu pellen, wäre sie von den Schwestern herzlichst ausgelacht worden, hätte sie das Kind ‹Ayyeppan› nennen wollen.

Es war nämlich hier wie in der Herde, welche von Prasanna angeführt worden war, von den Bullen im einzelnen und im allgemeinen ausschließlich in lästerndem Tone die Rede, und wenn Abramu es anfänglich unternommen hatte, hier und da etwas zur Rettung der Ehre oder auch nur der Würde ihres Ach-so-Geliebten zu sagen, so war sie durch die Sarkasmen und die wenig sentimentalen Kommentare ihrer Freundinnen inzwischen anders belehrt. ‹Gogul, Gogul›, hatte eine der Tanten gesagt, als sie dem hutzligen Knuddelwesen mit ihrem Rüssel den Bauch durchgekitzelt, und das alberne Lautgebilde war als Name haftengeblieben an ihm.

Wer aber war nun jener Manusch mit Namen Susima?

Er war der Sohn Bindusaras, der Enkel des Candragupta. Ein Viertteil seines königlichen Geblüts stammte von den hellhäutigen Feinden im Westen, und das war folgenderweise gekommen.

Zu der Zeit, da Candragupta noch ein Kind war und sich spielend an den Umgang mit Waffen gewöhnte, gab es in seinem Reich Jambudvipa unzählige kleine und wenig organisierte Staaten, die mit Kriegen nach allen Seiten, deren Schlachten sich meistens in weniger als einer Stunde entschieden, manchmal ein Tal von diesem Nachbarn errangen, manchmal einen Hügel an jenen verloren. Zu eben dieser Zeit aber war sehr, sehr fern im Westen in einem Staat an dem Meere, das die Manuscher das ‹Mittlere› nennen, ein Königssohn zur Herrschaft gelangt, der es sich in den Kopf gesetzt hatte, die ganze übrige Welt zu erobern.

Mit der Beschreibung seiner Taten sind in den Büchern der Manuscher von ihrer sogenannten Geschichte ganze Kapitel gefüllt. Er hieß Alexander, doch nannte man ihn wegen seiner beispiellosen Erfolge als Kriegsherr schon zu Lebzeiten nur Alexander den Großen. Er zerschmetterte mit seinen Armeen und sonderlich durch die unvergleichlich listige Art, dieselben zu führen, mächtige Reiche und hatte bald sämtliche Völker, welche seine Erdkundigen ihm aufzuzählen vermochten, und zusätzlich noch jene, welche er auf seinem Siegeszuge zufällig entdeckte, unter seine Regierung gebracht.

Immer weiter östlich schob sich die Grenze seines unermeßlichen Reiches, dessen Gebiet Stunde um Stunde seinen Umfang vermehrte, aber mit jedem freien Staat oder Stamm, der fiel oder sich ihm ergab, wuchs die Verzweiflung dieses großen Alexanders, denn er kam und kam nicht an das Ende der Welt, nach dem er suchte. Wieder hatte er mit seiner Streitmacht ein Hochgebirge Paß für Paß bezwungen und sich Tal für Tal samt den Bewohnern erbötig gemacht, da tat sich vor ihnen eine endlos sich hinstreckende Ebene auf, von fünf großen, lebenspendenden Flüssen durchzogen.

Tausend Jahre waren vergangen, seit zuletzt Leute ihrer fernen Herkunft, die sogenannten Arier, diese Erde betreten. Alexander, so groß wie er war, konnte es dennoch nicht fassen, daß, nachdem er über Jahrzehnte den Bezirk seiner Macht gedehnt und gedehnt, hier, wo er unbedingt das Ende der Welt anzutreffen vermutet, dieselbe erst richtig begann. Nun denn, muß er gedacht haben im Auge dieser neuen Erkenntnis, dem sei, wie dem sei, mir bleibt keine Wahl, ich muß weiter und weiter erobern, bis ich restlos alles unter mir habe, so wird früher oder später, weil keine andere Wahrscheinlichkeit ist, der Rand, an dem diese Welt endet, doch erreicht werden müssen. Die Möglichkeit, daß sich ihm ein Kriegsvolk entgegenstellte, welches seiner Macht standzuhalten vermocht hätte, zog dieser Weltenkaiser nicht in Betracht.

Die kleinen Stämme in den Niederungen des Indus waren widerspenstiger als alle, die ihm vorher begegnet, und sie wehrten sich zäh, kosteten ihn manchen Manusch und, was für ihn schmerzhafter war: Zeit. Doch wurden sie schließlich von seiner gigantischen Kriegsmaschine zermalmt.

Nachdem er auf solche Art den Völkern in Jambudvipa die Beispiele für seine Entschlossenheit vorexerziert hatte, kamen ihm die Fürsten der als nächste auf seinem Weg liegenden Staaten mit Geschenken entgegen. Diese Huldigungen ließ sich Alexander gefallen. Er bestätigte die Fürsten als Unterkönige seines Reichs, übergab ihnen die Insignien der zentralen Gewalt, setzte die jährliche Tributzahlung fest und zog mit seiner Armee, ohne zu kämpfen oder sonst Zerstörung zu üben, durch das annektierte Gebiet. Es sah nun ganz danach aus, als würde sich der weitere Vormarsch seines Heeres bis an das endgültige, wirkliche und tatsächliche Ende der Welt als ein langwieriger und zermürbender zwar, aber doch als ein Spaziergang gestalten.

Aber Jambudvipa hielt für den großen und scheinbar unbezwinglichen Alexander noch eine Überraschung bereit …»

An diese Stelle seines Berichtes gekommen, fiel es dem Schwarzen Makhna auf, daß ein Teil seiner Gemeinde den Empfang seiner Botschaften seit einigem eingestellt hatte.

«Die E-le-fan-ten!!!» trompetete er deswegen, ganz aus dem Takt fallend und unangenehm laut, um die Betreffenden aus ihrem Schlummer und Gedöse zu wecken.

«Die Elefanten hatte das größte manuscherische Bleichgesicht aller Zeiten vergessen. Nein, ‹vergessen› ist falsch gesagt, er hatte vielmehr in seinem ganzen abenteuerlichen Siegerleben noch nicht ein einziges Wörtchen von uns gehört; es lag komplett außerhalb der Vorstellungsmöglichkeiten dieses Über-Manuschs, dessen Geist einen einschränkenden Horizont angeblich gar nicht besaß, daß es überhaupt so etwas hätte geben können wie uns.

Nachdem er die ersten kleineren Volksstämme mehr oder weniger rasch hingeschlachtet und mit ihrem Blut die Fluten des Indus gefärbt, hatten die Könige, denen etwas Zeit zum Nachdenken blieb, weil das Gebiet ihrer Staaten tiefer ins Land hinein lag, anders reagiert als jene, die sich von den Eindringlingen unmittelbar bedroht fühlen mußten.

Unter diesen war Poros der stärkste, und er hatte sich die Stellung relativer Vormacht erworben, weil er seine Kriege nicht nach dem Gefühl und dem Gutdünken führte, sondern streng auf die Wissenschaft hielt und beispielsweise sorgsam jenes Gesetz des Arthaschastra befolgte, wonach jeder Nachbar ein Feind, der Nachbar des Nachbarn aber automatisch ein Verbündeter ist. Es war unmöglich, Poros durch irgendeinen Gewaltakt an seiner Grenze zu provozieren; eher hätte er einem Feind die Hälfte seines Staatsgebiets überlassen, als Hals über Kopf seine Truppen in Bewegung zu setzen.

Die Nachrichten von der Invasion Alexanders, von der Anzahl und Geschicklichkeit seiner Krieger, von der Menge und Vortrefflichkeit seiner Streitwagen und -rosse hatten, bis sie zu König Poros gelangten, von Station zu Station solche Übertreibung erhalten, daß er glauben mußte, es sei förmlich die halbe Welt unterwegs, ihn von seinem Thron zu vertreiben. Allerdings, und das machte ihn stutzig, schwiegen sich all die Berichte, die von den verschiedensten Seiten eingingen bei ihm und untereinander stark divergierten, was die genauen Summen der Fußsoldaten, Reiter und Kampfmaschinen betraf, über die Anzahl der Elefanten in Alexanders Armee aus.

Das wollte König Poros nicht einleuchten, daß jener sagenhafte Held und Bezwinger ganzer Erdteile Krieg führen sollte wie anno dazumal, indem er auf den Einsatz der allerschlagkräftigsten Waffe Verzicht tat und sich zur Schlacht stellte ohne einen einzigen Elefanten in seinen Reihen. So schickte er seine zuverlässigsten Späher hinaus, sich dies höchst unglaubwürdige Faktum von ihnen attestieren zu lassen. Es blieb dabei, die Anzahl der Rüssel in der Streitmacht des präsumtiven Weltenbeherrschers belief sich präzise auf null, es gab nicht einmal Transportelefanten in seinem Troß.

In dem Moment, da Poros sich über diesen Punkt definitive Gewißheit geschaffen, fiel die Variante, dem Beispiel der feigen Flußfürsten zu folgen, um sich von Alexander als tributleistender Satrap den Segen zu holen, was er neben anderem als eine der zur Verfügung stehenden Möglichkeiten erwogen, flach. Statt dessen tat er etwas Ungewöhnliches, was mit den weisen Regeln des Arthaschastra nicht nur nicht im Einklange stand, sondern ihnen direkt widersprach.

Poros war eben kein Einfaltspinsel, der sich sklavisch an das geklammert hätte, was die Vergangenheit als gut und richtig erwiesen, er war souverän genug, sich vom Buchstaben des Arthaschastra zu lösen, dafür um so entsprechender in dessen Geiste zu handeln, denn für die Situation, die er zu bewältigen hatte, konnte er sich aus den vorhandenen Büchern der Staatslenkungskunst keine Ratschläge holen, weil sie bis dato in Jambudvipa noch gar nicht aufgetaucht war. Also wurden Botschafter zu den Nachbarfürsten gesandt, diesmal nicht, um wie üblich die Bedingungen zu diktieren für den nächsten Übergangsfrieden, sondern um sie aus gegebenem Anlaß zu einem Konzil in Poros' Residenz einzuladen.

Dies hätten die zur Zusammenarbeit Aufgeforderten, waren sie auch längst nicht so tief wie Poros in die Wissenschaften von der Politik eingedrungen, unter normalen Umständen sogleich als eine wenig raffinierte Tücke entlarvt, sie in die Höhle des Löwen zu locken, um sie dort in aller Gemütlichkeit beim Staatsbankett zu vergiften oder ihnen sonstwie das Leben zu kürzen, und sie hätten gewißlich nicht damit gezögert, dem Überbringer solch freundlicher Invitation eigenhändig den Kopf abzuschlagen. Nun war aber auch ihnen, selbst wenn sie nur über höchst untaugliche Geheimdienste verfügten, nicht völlig entgangen, welche Walze da von Nordwesten her das Land überrollte, und an den fünf Fingern der Hand konnten sie es errechnen, welches Schicksal ihnen bevorstand, wo sie untätig blieben.

Vor die Wahl gestellt, entschieden sich Poros' Rivalen allesamt für das Übel, welches ihnen vergleichsweise kleiner erschien, und hielten mit ihrem ärgsten Feinde gemeinsamen Rat. Das Ergebnis dieser Zusammenkünfte, zu welchen aus ferneren Gegenden Jambudvipas noch weitere Herrscher hinzugeholt werden konnten, war, daß ein vereintes Heer von mehr als 400 Elefanten, etwa 30 000 Fußsoldaten, 4000 Berittenen und fast 300 Streitwagen unter Poros' Befehl am diesseitigen Ufer des Indus zusammengeschart wurde, um den Vormarsch der Eindringlinge zum Stehen zu bringen.

Es wäre vielleicht noch alles gescheitert an den Sonderwünschen einzelner Teilnehmer dieser Allianz, welche die Verhandlungen lähmten, aber dann übte die Jahreszeit den letzten nötigen Druck, denn die Regenfälle hatten begonnen, und wie nicht nur uns, sondern auch den Manuschern bestens bekannt, sind Verschiebungen von Elefantentruppen über weite Distanzen nur möglich in dieser Saison. Hinzu kam der strategische Vorteil, weil der Indus durch den Monsun reißende Hochwasser führte, welche den Angreifern die Überquerung erschwerten.

Mächtig war die Strömung des verbreiterten Flusses, an

dessen überschwemmten Ufern die beiden Riesenarmeen einander gegenübergestellt waren, und der große Alexander rieb sich die Augen, die in den verschiedenen Ländern schon so manches Wunder erblickt, als er auf die Entfernung, in welcher die Pferde samt ihren Reitern nur noch wie Ameisen wirkten, graue Vierbeiner sah, die dagegen immerhin bienengroß schienen. Erst hielt er sie für Maschinen und saß nächtelang mit seinen Technikern in seinem Zelt, um über deren mögliche Bau- und Funktionsweise zu klügeln. Da sie sich auch gegenseitig über das Kuriosum nicht schlau zu machen vermochten, wurden Kundschafter durch das Wasser geschickt, auf der anderen Seite zu spionieren und genau zu erkunden, was es auf sich hatte mit diesen grauen, unförmigen Dingern, am besten eins davon zu entführen, um es in aller Ruhe auseinandernehmen und studieren zu können.

Von hundert, die losgingen, kam nur ein einziger in Alexanders Heerlager zurück. Was der von den Elefanten, die er aus der Nähe hatte beobachten können, erzählte, schien Alexander so wirr und phantastisch, daß er die in den Aussagen enthaltene Wahrheit durch Folter erprobte, denn er war fest überzeugt, daß der Feind den Mann bearbeitet hatte, um ihn zu desinformieren. Da aber der Kundschafter auch bei Zufügung furchtbarster Schmerzen von seinem Report kein Jota zurücknahm, mußte es der große Alexander wohl glauben, daß es Wesen gab, die sich der kühnste unter den Dichtern seiner fernen Heimat am Mittleren Meere nicht hätte ausdenken können: jedes einzelne davon kräftiger als zehn der rassigsten Pferde, ausgestattet mit einem Paar faustdikker, beinlanger angewachsener Dolche und vorne bewaffnet mit einem äußerst beweglichen Schlauche, mit dem es ganze Streitwagen mitsamt der Besatzung in die Luft zu heben vermochte.

Nun war zwar Alexander in seinen Anfängen bisweilen wagemutig gewesen und hatte bei doppelter Übermacht des Feindes den Angriff befohlen, aber seit er sich als den mächtigsten Manusch des ganzen Planeten ansehen durfte, hatte er bei allen Unternehmungen vornehmlich darauf sein Auge, das Risiko zu vermeiden, und neigte dazu, einem kleinen, aber sicheren Gewinn vor dem großen, aber zweifelhaften den Vorzug zu geben.

Seine Generäle glaubten, unter dem Einfluß des widrigen Klimas eine Schädigung ihres Gehörganges erlitten zu haben, als er die Order zum Rückzug erteilte. Unbeschreiblicher Jubel ergriff Poros und seine Bundesgenossen, als sie gewahrten, wie sich die elefantenlose Armee der Blaßhäutigen Kolonne um Kolonne zum Abzug bereitmachte. Doch kurz war die Dauer dieser Triumphgefühle, denn bevor am westlichen Ufer das letzte Zelt auf die Kamele gepackt war, hatten sie sich schon wieder in Zwistigkeiten verstrickt.

Alexander auf der anderen Seite führte seine Truppen nur so weit den Bergen entgegen, daß sie ganz außer Sichtweite der Beobachter kamen, und kehrte dann wenige Yojanas stromaufwärts in einem Bogen ans Ufer zurück. Hier gelang es ihm durch die Unterstützung seiner neuen Vasallen und unter Zuhilfenahme einer Insel in der Mitte des Flusses, im Verlauf einer einzigen Nacht sämtliche Mannschaften einschließlich des Geräts und der Tiere überzusetzen.

Die Verteidiger, deren Verbände halb im Streit miteinander, halb schon in Auflösung waren, wurden von dem Angriff, den Alexander dank seiner List in der von ihm so geliebten schrägen Schlachtordnung vortragen konnte, überrascht, und die Reiterei auf der Flanke machte, da sie der Wucht der Attacke unmöglich Stand bieten konnte, kehrt im Galopp. Genauso hatte es der gewitzte Feldherr ausgedacht und berechnet. Denn nun mußte Poros versuchen, die in panischer Übereilung zurechtgemachten Elefanten ungefüttert nach vorne zu bringen.

Eine jede und ein jeder von euch weiß es ja aus wiederholter Erfahrung, daß wir, von den Manuschern unter Vorenthaltung des Frühstücks zur Anstrengung unserer physischen und mentalen Kräfte gezwungen, sehr leicht Fehler begehen, daß unter solchen Umständen bei nicht wenigen von uns ein Ausbruch unkontrollierten Zornes vorkommen kann. Ich vertrete daher die Ansicht, daß wir es unseren tapferen Vorvätern, die wirklich nichts anderes im Sinn hatten, als Jambudvipa vor dem drohenden Los der Fremdherrschaft zu bewahren, nicht vorwerfen dürfen, daß sie die in gestrecktem Galopp auf sie zustürmende Reiterei nicht als die eigene erkannten und in dem guten, aber leider falschen Glauben, den Angriff des Feindes auffangen zu müssen, wie sie es eben gelernt und geübt hatten, den Pferden mit den Stoßzähnen die Leiber aufschlitzten, Roß, Reiter und Ausrüstung zu einem einzigen Brei stampften in geordneter Vorwärtsbewegung.

Als sie dann schließlich bemerkten, wie der listige Alexander sie hereingelegt und dazu verführt hatte, die Manuscher und die Gäule der eigenen Seite niederzumachen, da wurden sie erst richtig wütend, und wie sie mit denen umgingen, an die sie nur irgendwie herankommen konnten, das war dem großen Feldherrn ein Denkzettel für den Rest seines Lebens. Es war das erste und letzte Mal, daß er einen Angriff auf eine Elefantenarmee wagte.

Die Schlacht währte lange. Noch nie hatte Jambudvipas Erde an einem Tage so viel Blut von Manuschern und Pferden getrunken, und obwohl die Feinde ohne Elefanten uns zum Kampfe gefordert, waren sie es, die am Ende den Oberrüssel behielten. Während Alexander auf gesichertem Posten von einem Hügel das Geschehen verfolgte, rackerte Poros auf seinem Elefanten in der vordersten Reihe, war, nachdem der Lenker von einem Pfeile getroffen, aus dem Turm in den Nacken gestiegen und dirigierte ihn mit den eigenen Füßen. Es war, nicht um das eigene, sondern um das Leben des geliebten, kostbaren Elefanten zu retten, daß er sich, als alle Aussicht verloren, den Feinden ergab.

Der geschlagene König wurde zu dem siegreichen geführt.

‹Nun, Poros›, fragte ihn Alexander mit gnädigem Lächeln, ‹wie wünschest du, von mir behandelt zu werden?›

Poros besann sich nicht lange und antwortete stolz: ‹So wie dieser Tag es dir anrät, der dir gezeigt hat, wie schnell sich das Glück in Elend verkehrt.›

Alexander fand Geschmack an dieser Replik, und da Poros beteuerte, lieber sterben als ihm dienen zu wollen, schenkte er ihm und dem, was übriggeblieben war von dessen Armee, zum Leben die Freiheit, ließ sie sogar ihre Waffen mitnehmen, nur die Elefanten hielt er fest und die Manuscher, die sie bedienten. Das war das Ende vom Feldzug des großen Alexanders in Jambudvipa.

Nicht die Kriegsmüdigkeit seiner Generäle und Offiziere, wie es in seiner fernen Heimat die berufsmäßigen Lügner ausrufen und aufschreiben mußten, nicht Poros – die Elefanten und ihre unvergleichliche Kampftüchtigkeit, wie er sie kennengelernt hatte, sie allein waren es, die ihn bewogen, das Ende der Welt vorläufig das Ende der Welt sein zu lassen.»

XI

Der Schwarze Makhna wagte kaum, seinen Blick zum Sternenhimmel zu heben. Er hatte viel Zeit und Spucke an Alexander und Poros vergeudet und mußte sich jetzt besinnen, welches überhaupt der Zusammenhang war, der ihn verleitet hatte, mit solchem Volldampf auf diesem Nebengeleise zu stochen. Aber selbst wenn er zugeben mußte, daß er sich mit dieser Episode weiter entfernt hatte von seinem eigentlichen Thema, statt, wie er es sich vorgenommen, nunmehr tüchtig und direkt zuzusteuern darauf, war es ihm eine Satisfaktion gewesen, den Sachverhalt auch und gerade hier, vor den Elefanten von Guruvayur, endlich einmal in der gebührenden Weise klargelegt und ausgesprochen zu haben.

Es hätte noch dazugehört, aufzuzeigen, wie Alexander der Große in der Folge seiner indischen Lektion darangegangen war, umfängliche Vorbereitungen zu treffen, um auf lange Sicht die Elefanten in seine Militärorganisation integrieren zu können, wie aber sein frühzeitiger Tod in Babylon diese Planungen durchkreuzt und den Wunsch, Jambudvipa auf jambudvipische Art zu erobern, unerfüllt gelassen hatte. Auf all dies verzichtete der Schwarze Makhna; er war spät genug dran und hatte ohnedies nur darstellen wollen, wie Susima, der Mensch, zu seinem griechischen Blutanteil gekommen.

Das hätte zum wenigsten einen kurzen Abriß der Kämpfe unter den Diadochen erfordert, unter vorzüglicher Beleuchtung der Rolle, welche die Elefanten in diesen gespielt, und wohl auch ein paar Worte nötig gemacht über Herkunft und Jugend des Candragupta, namentlich darüber, wie listig er die Herrschaft seiner Vorgänger, der Nanda in Maghada, usurpiert und auf welche Art ihm dabei Kautilya behilflich gewesen als sein Minister, der die Wissenschaft von Wirtschaft und Staat zusammengefaßt und auf die Höhe des von ihm verfaßten Arthaschastra geführt hatte. Aber auch eine noch so dürftige Erörterung dieser höchst komplizierten Verwicklungen der Geschichte der Elefanten mit jener der Menschen glaubte der Schwarze Makhna jetzt, wo sich über dem östlichen Horizont der Himmel schon merklich erhellte, sich und seinen Zuhörern nicht mehr zumuten zu dürfen.

Er verstummte und hielt für fast eine halbe Minute die Augen geschlossen, so daß diejenigen, die ihm nach wie vor andächtig lauschten, den Eindruck gewannen, es habe das lange Reden nun endlich seinen Atem erschöpft. Vielleicht hatte er sich auch nur heillos in den Fäden seiner Erzählung verheddert, jedenfalls sah es nicht danach aus, als sollten sie von ihm am Ende dieser langen Nacht noch etwas zu hören bekommen.

Da täuschten sie sich erheblich, besonders Patamanaban, der schon wieder den Applaus anklatschen wollte. Daß der Schwarze Makhna so in sich gekehrt dasaß und durch die entstehende Pause die Spannung fast auf den Nullpunkt absinken ließ, hatte seinen Grund darin, daß er nun wohl oder übel in seiner Narration einen Sprung tun mußte, und das Springen zählt nun einmal, wie schon gesagt, zu den Dingen, die der Elefant nicht kann und nicht lernt, und was ihm im Reiche des Physischen so ganz ohne Wenn und Aber verwehrt ist, das vollbringt er auch in der Sphäre des Geistigen nicht im Rüsselumdrehen.

Sich über dem Abgrund nicht der Gefahr eines Schwindelanfalls ausliefern zu müssen, setzte er fort mit zusammengekniffenen Lidern und hob dieselben erst wieder, als er mit seinem Bericht festen Boden unter den Fußsohlen fühlte.

«König Candragupta hatte alle Fürsten in den weiten Ebenen der Ganga und des Indus besiegt und den gesamten Norden Jambudvipas zu einem mächtigen Reiche unter seiner Führung zusammengefaßt. Seleukos Nikator hatte die östlichen der von Alexander dem Großen eroberten Länder geerbt. Nicht mehr nach Hunderten, sondern nach Tausenden zählten die Elefanten in Candraguptas Armee, und sie hätten sich diesem Nikator wie eine unüberwindliche Mauer entgegengestellt, hätte er einen neuen Vorstoß in die Länder Jambudvipas riskiert. Im Gegenteil durfte Seleukos dankbar sein, wenn in den Gebieten, die ihm unterstanden, nicht umgekehrt Candragupta ihn überfiel.

So wurde zwischen den Großmächten ein Friede von unbegrenzter Dauer vereinbart, der, was bei den Manuschern ein seltenes Beispiel in ihrer sogenannten Geschichte, tatsächlich länger währte als die Existenz der beiden Herrscherhäuser, die ihn geschlossen.

Die blaßhäutigen Feinde, die durch diesen Vertrag zu einem wichtigen Verbündeten wurden und zu einer wertvollen Stütze für die Festigung und die Ausdehnung des Maurya-Reiches, lieferten Candragupta nicht nur die von Alexander teils gewaltsam eroberten, teils kampflos ihm zugefallenen Gebiete an den Flußufern aus, sie zogen sich bis hinter jenes hohe Gebirge zurück, das sie heute den Hindukusch nennen und dessen wenige Pässe sich selbst in dem etwaigen Falle eines heimtückischen Überfalles von seiten Nikators mühelos hätten verteidigen lassen. Für die Abtretung all der Länder, die zu gewinnen Candragupta sonst wohl ein ganzes Leben lang hätte Krieg führen müssen, verlangte Seleukos als Gegenleistung fünfhundert Elefanten.

Das mag als Preis lächerlich scheinen, aber, liebe Aanakottaner, ihr könnt euch kaum einen Begriff davon machen, wie hoch der Wert eines jeden von uns angesetzt wurde von den Manuschern der damaligen Zeit. Und dann gleich fünfhundert! Das waren ja mehr als die, welche den großen Alexander trotz seines Sieges veranlaßt hatten, seine Welteroberungspläne zu den Akten zu geben. Leicht fiel es Candragupta nicht, diese Klausel des Vertrags zu erfüllen, eine starke Drohung gab er damit in die Hände des Partners. Andererseits stellte, was Seleukos sich ausbedung, nicht einmal den zehnten Teil der kräftig angewachsenen Maurya-Elefantenarmee dar, und natürlich wählte Candragupta die am wenigsten brauchbaren aus.

Obwohl unter den fünfhundert Elefanten, die Seleukos bekam, hauptsächlich assamesische waren – Verzeihung, ich möchte niemanden von den Anwesenden kränken –, erzielte er mit ihnen auf westlichen Kriegsschauplätzen ganz ordentliche Erfolge. Indessen geriet das Candragupta, als er es hörte, eher zur Freude, und er konnte sich sagen, daß dieses Kontingent irgendwann aussterben würde, da sie zur Aufstockung des Bestands durch Neueingefangene ja keine Gelegenheit hatten.

Der Tausch Land gegen Elefanten war aber noch nicht alles, was die beiden Herrscher zur Befriedung und Beruhigung gegenseitiger Ansprüche taten. Candragupta akkreditierte an seinem Hof in Pataliputra einen Botschafter des Seleukos, einen ‹offiziellen Spion› also, wie das Arthaschastra diese Funktion definiert. Megasthenes hieß dieser Manusch, und er durfte seine Nase in ausnahmslos alles hineinstecken, was er zu inspizieren begehrte, besonders ins Heereswesen und in die Rüstung.

Als letztes Siegel und Pfand der guten Absicht, fürderhin in Eintracht und zum wechselseitigen Nutzen und Vorteil miteinander zu leben, gab Seleukos dem Candragupta eine seiner Töchter zur Gemahlin für dessen Sohn Bindusara. Da aber schon diese keine Reinblütige aus des Seleukos' mittelmeerischem Heimatstamm war, sondern hervorgegangen aus dessen von Alexander dem Großen angeordneter Ehe mit einer Prinzessin des eroberten, zwischen Jambudvipa und jenem Meere befindlichen Reichs, so war Susima, der Manusch, den sie dem Bindusara gebar, ein Mischling aus drei Königsgeschlechtern.»

Endlich war der Schwarze Makhna wieder an dem Punkt angelangt, an welchem er sich eine knappe Stunde zuvor schon einmal glücklich befunden.

«Noch einen zweiten Sohn schenkte Mitrafarnis, die Tochter des Seleukos, dem Bindusara. Es wurde später behauptet und findet sich so in den manuscherischen Büchern ihrer sogenannten Geschichte, er sei zu eben jener Stunde zur Welt gekommen, da Abramu im Walde dem Nachkommen Ayyeppans das Leben geschenkt. Indessen halte ich dies für ein Märchen, und auch unsere elefantische Familientradition hat es nicht so. Immerhin, von einer annähernden Gleichaltrigkeit darf man sprechen bei Aschoka, dem zweiten Sohn von Mitrafarnis und Bindusara, und bei dem Sohn von Abramu und Ayyeppan, der sich auf den etwas albernen Namen ‹Gogul› zu hören gewöhnte. Allerdings sollte sich zeigen, daß auch der Name des zweiten Königssohnes, ‹Aschoka›, was bekanntlich ‹Ohne Sorge› bedeutet, alles andere als passend für ihn gewählt war.

Susima, sein älterer Bruder, hatte die äußere Schönheit

der Mutter ererbt, während man bei Aschoka schon als Säugling die eher häßlichen Züge seines Großvaters väterlicherseits wiedererkannte. Susima wurde der Liebling des Vaters, welcher von der Hitze geschlechtlicher Anziehung, die ihn an Mitrafarnis gefesselt, auf das Verhältnis zu dem ihr ähnelnden Sohn übertrug, derweil Aschoka mit jedem Tag, den er wuchs, mehr vom Herzen der Mutter gewann. Hatte Susima im Alter von acht Jahren bereits zusammen mit König Bindusara auf dem Rücken Ayyeppans, der zwar nach einiger Zeit von seinen Hautleiden restlos genas, aber nie den überaus schmerzvollen Gedanken an den Verbleib der geliebten Abramu und ihres gemeinsamen Sohnes loszuwerden vermochte, zum ersten Mal an einer Tigerjagd teilnehmen dürfen, so war Aschoka nur schwer aus dem Bezirk der Frauenhäuser herauszubekommen.

Bindusara, der Mitrafarnis des Nachts im Harem nicht mehr besuchte, weil neue und jüngere Frauen, die ihm geschenkt worden waren, seine Sinne schärfer zu reizen vermochten, hatte es immer wieder einmal versucht, einen halben Tag seiner kostbaren Zeit der Beschäftigung mit Aschoka zu opfern, um dessen Lust an Kampfspielen und Abenteuern zu wecken. Weil aber der kleine Prinz sich hierbei stets ängstlich und quengelig gezeigt und nach seiner Mutter verlangt hatte, war Bindusara zu der bitteren Überzeugung gelangt, daß dieser zweite Sproß seines Samens aus dem Schoße der Mitrafarnis trotz seiner vortrefflichen Abstammung nicht das Zeug zu einem Erobererkönig besaß, und er schätzte sich glücklich, daß der Kronprinz um so vieles besser geraten. Bindusara hatte von da an ein noch schärferes Auge auf das Wohlergehen Susimas, denn er fürchtete für das Heil und um den Bestand seines Reiches, falls diesem etwas zustoßen sollte, wodurch Aschoka zum Anwärter auf das Thronerbe aufgerückt wäre. Genau dies war, was Mitrafarnis aufs innigste wünschte, und sie erzog Aschoka von Anfang an so, daß er später einmal seiner Aufgabe gerecht werden konnte, tat das Erdenkliche, seinen jungen, biegsamen Geist in die verschiedensten Winkel des Wissens zu locken, ihn an den fundamentalen Gegenständen wie an den entlegensten gleichermaßen zu bilden. Daß Klein-Aschoka an Bogenschießen und Schwertfechten wenig bis gar kein Interesse bezeigte, dämpfte ihre heimlichen Hoffnungen nicht im geringsten, es schien ihr im Gegenteil auf die Erlesenheit dieses Prinzen zu deuten.

Gut, Susima zeichnete sich zur Freude Bindusaras in den Wettkämpfen mit den Gleichaltrigen aus, aber Aschoka hatte sein viertes Lebensjahr noch nicht vollendet, da sprach er bereits geläufig in der Zunge, die Mitrafarnis von ihrem Vater Seleukos gelernt, ebenso in der des Landes, aus dem sie stammte, beherrschte den hohen Ton der Brahmanen, plauderte aber auch mit Selbstverständlichkeit im Dialekt der einfachen Leute. Die Erzählungen seiner Mutter hatten ihm das Leben und die Regierungsweise von Xerxes, Ataxerxes und Darius nahegebracht, ihm auch Bekanntschaft mit den Taten Philipps und Alexanders vermittelt, und was den Staataufbau und die Pflichten des Königs in Jambudvipa betraf, so hatte Mitrafarnis es einrichten können, daß der Knabe Unterweisung von dem Kundigsten unter den Kundigen, nämlich von Kautilya höchstpersönlich erhielt.

Dieser Manusch, der einst Candraguptas Putsch gegen die Nandas zum Erfolge verholfen und der diesen bei seinen Verhandlungen mit Seleukos wie auch bei allen anderen Kriegsoperationen und Regierungsgeschäften beraten, war noch am Leben. Er ging auf sein neunzigstes Jahr und war tief gekränkt, daß Bindusara, der ihm so vieles verdankte, mehr als einmal seiner Empfehlung zuwider gehandelt, ihn, den Alten und Ehrwürdigen, vor dem versammelten Staatsrat zurechtgewiesen, ja sogar davor nicht zurückgeschreckt war, Drohungen und Schimpfworte auf ihn zu werfen.

Waren Bindusaras Klugheit und Umsicht auch von weit geringerem Maß als die Candraguptas und verschwindend, wie sich später erwies, im Vergleich zu dem Genie seines Sohnes Aschoka, so war er wiederum doch nicht mit solcher Blindheit geschlagen, daß er den Ehrgeiz und die Kapazität des von ihm zurückgesetzten Ministers zur Gänze verkannt haben würde. Man muß es ihm deshalb als einen folgenschweren Leichtsinn ankreiden, daß er den gedemütigten Greis frei herumspazieren ließ an seinem Hof, statt ihn, wie dessen Buch vom Arthaschastra es ihm anriet, nach einer der dort besprochenen Methoden um die Ecke zu bringen.

Andererseits ist es natürlich kein Zufall, daß Kautilya mehr als seine Vorgänger die Rolle des Spionagewesens bei der Staatsführung betont, denn niemand anders als er selbst war es gewesen, der das engmaschige Netz von Spitzeln und Zuträgern über das ganze Land und bis hin in die Provinzen und in die Herzen der Hauptstädte der Feinde gesponnen hatte und bei dem all diese Fäden zusammenliefen mit Notwendigkeit. Bindusara mochte tausendmal glauben, mit eigener starker Faust das Zepter zu führen und nach dem ureigensten Ermessen die Reihenfolge zu nennen, in welcher die Nachbarn im Süden angegriffen und dem Reich einverleibt wurden, es wurde doch unsichtbar ein jeder seiner Schritte von Kautilya gelenkt, denn im Kopfe des Königs konnte nur vorgehen, was sich darinnen befand, und dessen Inhalt wurde ausschließlich aus den Berichten des Spionagewesens gespeist. Kautilya selbst hatte jenem Agenten, der von Bindusara mit seiner Überwachung betraut war, die Geheiminformationen diktiert, denen zufolge man ihn, Kautilya, als senil, verkalkt, vertrottelt und deswegen als vollkommen ungefährlich einstufen durfte.

Daß Mitrafarnis in ihm unzweideutig den Königsmacher erkannte, das schmeichelte seiner verletzten Eitelkeit über die Maßen. Auch war er für die stark im Verblühen begriffenen weiblichen Reize der Mitrafarnis noch äußerst empfänglich. Es wundert uns also wenig, wenn Kautilya die Erziehung Aschokas zum Steckenpferd seiner späten Tage erkor. Er liebte den Jungen schon deswegen sehr, weil er mit Candragupta so starke Ähnlichkeit hatte und ihm die süße Erinnerung wachrief an ungleich glorreichere Zeiten.

‹Du, Aschoka›, sagte er zu seinem fünfjährigen Schüler, und nicht nur, weil er wirklich schon etwas vertattert war, wiederholte er es so häufig, daß der Prinz es sehr bald auswendig wußte, ‹du, Aschoka, und nicht dein Bruder Susima, der durch seine Geburt der zuerst Berechtigte wäre, du wirst das große Erbe von Candragupta antreten und das Reich regieren, das Bindusara durch meine Klugheit gemehrt hat. Ich werde dann nicht mehr auf dieser Welt sein. Du aber, Aschoka, das habe ich aus den Sternen gelesen, und ich sehe es an deinem Verstand, der schärfer und weiter ist als je zuvor bei einem Kind, spüre es auch durch meinen Instinkt, der nicht nachgelassen hat mit all diesen Jahren, du, Aschoka, wirst die Eroberung Jambudvipas vollenden. Du wirst erreichen, woran dein Vater Bindusara nur scheitern kann, sooft er es unternimmt, du wirst in schwerem Kampf das Reich der Kalinga im Süden zerschmettern, das uns hindert an der vollen Entfaltung all unsrer Potenzen. Unter dir wird ganz Jambudvipa vereint sein, vom Kap bis zu den Gipfeln der Himalayaberge, und du wirst länger regieren als irgendein Herrscher vor oder nach dir.

Jeden Morgen, den du dich von deinem Lager erhebst,

sollst du, bevor du irgendein Staatsgeschäft aufnimmst oder ein persönliches Bedürfnis befriedigst, dieser Worte eingedenk sein. Nach drei Zielen strebt ein jegliches Leben, das des einzelnen sowohl als das der Gemeinschaft: Artha, Kama, Dharma.

Das erste ist Artha, der Wohlstand, und er ist die Bedingung für alles andere. Deshalb ist die erste Pflicht des Königs die Sorge um das Funktionieren der Wirtschaft und um den ordnungsgemäßen Eingang der Steuern.

Sodann folgt Kama, der Genuß der Lebensfreuden, welche der Wohlstand erwirbt, Sättigung des Verlangens, mit dem sich der Mann nach dem Weibe, das Weib sich nach dem Manne verzehrt. Und der König segne und beschütze das Glück und den Bestand der Familien.

Das höchste ist Dharma, die Rechtschaffenheit und das edle Streben. Dharma ist die oberste Richtschnur. Dharma zu fördern, dem gilt alles Bestrafen und alles Belohnen durch den Staat und seinen König.

Dies merke dir, und führe es dir jeden Morgen aufs neue vor Augen, bevor du dich zum Throne begibst.

Aber genauso tief und sorgfältig präge dir dies ein: Beachte stets die Reihenfolge, Aschoka! Beginne nicht mit dem Dharma, bevor du jeden Widerstand restlos gebrochen und alles beseitigt hast, was deiner Macht im Wege sein könnte. Dazu gebrauche jedes Mittel und bedenke, ein Rest Feindschaft ist wie ein Rest Schulden oder ein Rest Feuer. Ohne dein Zutun werden sie schlimmer als vorher wiedererwachsen. Darum dulde keinen Rest. Lösche das Feuer vollständig, tilge bis auf den letzten Kakani die Schulden, und töte einen Feind lieber, statt ihn bloß zu schädigen und zu verletzen.

Solcherart waren die Lehren, die Kautilya Klein-Aschoka erteilte. Zutreffend waren die Prophezeiungen, wie er sie aussprach über den mächtigsten, strahlendsten und gütigsten Herrscher, den Jambudvipa jemals gesehen und der von niemandem übertroffen worden ist, weder an Macht noch an Ausstrahlung und erst recht nicht an Güte bis auf den heutigen Tag. Allerdings muß leider hinzugefügt werden, daß Kautilya seine hellseherischen Worte dann doch mit dem Leben bezahlte.

Nicht von den Leuten seines Geheimdiensts, denn die hätten eher ein von ihnen eigenhändig gemischtes Gift selber getrunken, als etwas zum Nachteil Kautilyas zu sagen, erfuhr der König, was da hinter seinem Rücken angerührt wurde im Harem. Aschoka selbst war es, der in der Naivität seines altklugen Kindskopfs den Mentor verriet.

Bei irgendeinem Anlaß hatte Bindusara ihn wieder einmal getadelt und ihm den großen Bruder vorgehalten als Leuchte des Vorbilds. Da war denn in hochfahrender Rede wider den Vater Wort für Wort alles herausgeplatzt aus Aschoka, was wir soeben vernommen. Bindusara brauchte nicht lange zu tüfteln, um zu erraten, wer seinem mißratenen Früchtchen diese Flausen in das ungestalte Köpflein gesetzt, und besonders das mit Kalinga trieb ihn zur Weißglut. Die Hinrichtung Kautilyas war in dem Augenblick eine beschlossene Sache. Mit den Spionen, die ihn, wie ihm nun zu dämmern begann, zeitlebens hinter das Licht geführt, ihn systematisch belogen und zu einem Spielzeug Kautilyas gemacht hatten, würde er anschließend abrechnen; zuallererst mußte die Wurzel allen Übels gepackt und aus der Welt geschafft werden.

Bindusara, der sich von Verrätern umstellt fühlen mußte, sah ein, daß im vorliegenden Falle eine Lösung à la Kautilya nicht in Betracht kam. Er mußte mit äußerster Vorsicht zu Werke gehen, die Beseitigung des gefürchteten Ministers hatte auf das allerunauffälligste zu geschehen, denn ein mehr oder weniger offensichtlicher Mord hätte leicht der Revolte, die um ihn herum schwelte, zum Signal des Ausbruchs zu werden vermocht.

Bindusaras Meinung war die, am ehesten müßte noch auf die Ärzte Verlaß sein. Hatten sie ihm nicht mit ihren Wundermitteln den hoffnungslos verloren geglaubten Ayyeppan wiederhergestellt – bis auf das seelische Leiden, das unentdeckt blieb –, und waren sie nicht dafür auf das großzügigste beschenkt worden von ihm? Mit ihnen also beriet sich der König auf der Suche nach Wegen, wie der hochgeschätzte Minister und Staatstheoretiker von der Last seines überlangen Lebens und den Qualen seines fortschreitenden Siechtums möglichst schmerzlos befreit werden könnte.

Ein leichter Lungenkatarrh, der Kautilya beim Wetterumschwung des vorzeitig einsetzenden Monsunregens befallen, kam wie gerufen, und Bindusara bestand in perfekt geheuchelter Besorgnis um seinen wertvollsten Ratgeber darauf, bei dessen Behandlung durch seine Leibärzte persönlich die Aufsicht zu halten, um die sicherste und rascheste Genesung gewährleisten zu können. Seltenste Heilkräuter wurden von weither beschafft, und die Therapie war vorzüglich, nur war es eben, wie der König angeregt hatte, eine solche, wie sie bei Lungenentzündung alles andere als indiziert, sondern im Gegenteil auf lange Sicht für den Patienten unbedingt tödlich.

Daß das Lebenslichtlein des wirklichen Gründers des Maurya-Staates noch für ein paar Wöchlein vor sich hinflakkerte, bevor es für immer erlosch, das erfreute Bindusara ganz außerordentlich. Erst jetzt sah er in vollem Umfange ein, was er hatte an seinen Ärzten. Mehrfach täglich besuchte er den Kranken an seinem Bett und redete ihm ein, seine Rekonvaleszenz befinde sich sichtlich in Progression.

In Kautilyas letzter Stunde war bei ihm Aschoka, der dunkel ahnte, wie alles zusammenhing und daß er selbst an dem Verhängnis nicht unschuldig war. Ein letztes Wort nahm der Knabe dem Sterbenden von seinen blutleeren Lippen.

‹Halte dich an die Elefanten, Aschoka! Halte dich an die Elefanten›, sprach Kautilya und verschied in die andere Welt.

Große Bewegung entstand in der Seele des Prinzen durch den Tod seines Gurus, den er mit seinen eigenen Kinderaugen gesehen, und er schwor sich, all dessen Lehren und Ratschläge treu zu befolgen, um, wenn die Zeit herankommen würde, die kühnen Voraussagen in Erfüllung bringen zu können.»

XII

«Kaum waren die sterblichen Reste Kautilyas vom Feuer verzehrt, da besuchte Aschoka den König auf seinem Thron und teilte ihm mit, er möchte nun alles kennenlernen, was mit den Elefanten zu tun hatte. Dieser Sinneswandel seines im Harem verhätschelten Sohnes war eine sehr angenehme Überraschung für Bindusara, und er beglückwünschte sich im stillen noch einmal zu der Maßnahme, mit deren Hilfe er den schädigenden Einfluß des alten, unberechenbaren Intriganten für immer abgestellt hatte.

‹Vielleicht wird ja doch noch etwas aus dir›, sprach er anerkennend zu Klein-Aschoka, und er wäre gewißlich vor Schreck von seinem Thronsessel gekippt, hätte er in die Zukunft schauen können und sehen, auf welche Art sich diese Worte bewahrheiten sollten.

‹Am liebsten hätte ich gleich jetzt einen Elefanten ganz alleine für mich›, meinte Aschoka.

‹Ist das nicht etwas früh?› wurde ihm von Bindusara entgegengehalten.

‹Besser zu früh als zu spät›, versetzte darauf Aschoka und biß sich sogleich auf die Zunge, denn er hatte Mitrafarnis versprochen, mit den Sprüchen und Weisheiten Kautilyas nie wieder vor dem König zu glänzen.

Indessen schöpfte Bindusara keinen Verdacht. Er schickte nach dem Oberaufseher der Kriegselefanten, auf welchen Posten tatsächlich jener Manusch hinaufgerückt war, den wir, als er noch das zivile Elefantenministerium unter sich hatte, bereits kennengelernt, wobei wir beobachten mußten, wie er in der Mischung aus Katerstimmung und Rage seinen Strich durch die gemeinsame Lebensplanung von Ayyeppan und Abramu gezogen.

Darauf wandte sich Bindusara wieder an seinen Sohn und gab sich Mühe, diesen in seinen neuartigen und vielversprechenden Vorsätzen zu stärken.

‹Ich kann dir kaum sagen, wie sehr es mich freut, dich mit einemmal so vernünftig reden zu hören, Aschoka, mein Sohn. Die Elefanten. Ja, die Elefanten. Und noch einmal: die Elefanten. Mit ihnen beginnt alles, und bei ihnen hört alles auf. Wer die Elefanten zu führen versteht, der wird stets auch die Manuscher hinter sich haben. So sagte schon unser großer Kautilya …›

Wie ihr seht, hatte sich Bindusaras Verhältnis zu Kautilya seit dessen Tod entschieden verbessert. Aschoka, klein wie er war, besaß Selbstbeherrschung genug, hier nicht ein ‹Das weiß ich› einzuwerfen, sondern den Vater ungestört fortfahren zu lassen in seiner Rede.

‹… aber, mein lieber Aschoka, wie alles in der Welt, so will auch dieses gelernt sein von Grund auf und Stufe für Stufe. Wenn ich es dir heut abschlage, mein Lieber, so geschieht das bestimmt nicht, weil ich etwa hartherzig wäre und im Sinn hätte, mich dir als ein Rabenvater zu zeigen. Bedenke – aber das wirklich nur ganz nebenbei –, daß auch dein Bruder nicht vor seinem neunten Geburtstag seinen ersten Elefanten von mir bekam. Nein, Aschoka, verzieh jetzt bitte nicht dein Gesicht …›

Bindusara kannte diesen Ausdruck von Candragupta und hatte denselben in seiner eigenen Kindheit über alles zu fürchten gelernt.

‹… du sollst ihn haben, deinen prinzlichen Leibelefanten, ich verspreche es dir. Und zum Zeichen, wie ernst ich das meine, und um zu beweisen, wie glücklich und zufrieden mich's stimmt, auch in meinem zweiten Sohne das Blut der Maurya pulsen zu fühlen, will ich den heutigen Tag merkwürdig machen und vier, nein, höre! vierzig zum Tode Verurteilten Gnade gewähren. Aber erst mußt du es lernen, wie man umgeht mit Elefanten, wie man sie einfängt und zähmt, wie man sie pflegt und unterweist, wann man sie belohnen muß und womit, wann wiederum sie bestrafen und in welcher Form, und tausend andere Dinge, wie sie zum Wissen vom Elefanten und zur Technik der Elefantenführung gehören. Denn, mein Junge, ein Elefant ist schließlich kein Spielzeug, er ist schlau und hat ein langes und feines Gedächtnis, jeder noch so kleine Fehler in seiner Behandlung kann ihn für sein ganzes Leben verderben und im entscheidenden Moment den Verlust einer Schlacht, ja, eines Krieges und damit den Untergang des gesamten Staates bedeuten.›

Aschoka langweilten diese Vorträge, er hatte das alles von Kautilya schon mehrfach, aber in besser pointierter und dennoch schmuckvollerer Rede gehört. Er mußte sich zwingen, Interesse für die Binsenweisheiten des Vaters zu mimen, und er atmete auf, als der Kriegselefantenminister sich anmelden ließ.

‹Kumar›, so hieß dieser Manusch, ‹Kumar, du Hüter meines kostbarsten Schatzes›, begrüßte ihn der König freudig und erließ ihm durch einen Wink generös die Prostration, ‹einen Glückstag hat unser Reich zu verzeichnen, denn, denke dir, in unserem Prinz Ohnesorge, der uns mancherlei Sorgen bereitet, ist plötzlich der Sinn für die Elefanten erwacht. Nun, was hältst du davon?›

Was sollte der ausgepichte Karrierist, dessen einzige Fähigkeit darin bestand, das Speichellecken und Buckeln nach oben mit ebender Hingabe und Intensität zu betreiben wie das Treten und Schikanieren der ihm Unterstellten, schon zu der Sache bemerken, da sie doch dem König augenscheinlich gefiel? Ganz vortrefflich sei das, fürwahr, und ein Anlaß zum Jubel nicht nur für ihn, der freilich qua seines Amtes von der Entwicklung besonders entzückt zu sein habe, sondern ein Grund, neuen und froheren Mut zu fassen für die Angehörigen aller vier Farben.

In dergleichen Lobhudeleien erging sich Kumar, blieb jedoch genau auf der Hut, nicht allzu weit vorzupreschen mit Voraussagen, was man sich nun erwarten könne an Großartigem von Aschoka, wo sich die Umstände derart zum Vorteil verändert, denn er wußte bestens Bescheid um die Präferenz des Susima bei Bindusara.

‹Schon gut, schon gut›, unterbrach ihn Bindusara, denn ob er gleich für Schmeicheleien mehr als anfällig war, weshalb der Geheimdienst so leichtes Spiel mit ihm hatte, war es dem König doch zuwider, wenn man sie ihm allzu schmierig und schwülstig auftrug. ‹Ich habe dich nicht zum Minister über die Propaganda, sondern zu dem über die Kriegselefanten bestellt, und das war auch der Grund, warum ich dich herbeirufen ließ. Aschoka wünscht ein wenig bei den Elefanten zu hospitieren. Ich biete dir Gelegenheit, Verdienst zu erwerben, Kumar, denn ich beauftrage dich persönlich damit, dem Prinzen all das beizubringen, was er benötigt, um den Befehl über eine Elefantentruppe zu führen. Fürs erste laß ihn ein paar Wochen mit den Mahuts bei Ayyeppan verbringen.›

Der Kriegselefantenminister pries auch diesen weisen Beschluß seines Souveräns in den hochtönendsten Phrasen, aber Bindusara schnitt ihm das Wort ab und gebot ihm, sich zu entfernen, dabei am besten Aschoka gleich mit sich zu nehmen, denn ihm, dem König, sei die Laune gekommen, ein wenig sein Reich zu regieren.

So machten denn Aschoka und Ayyeppan miteinander Bekanntschaft. Nicht nur unterschied Ayyeppan gleich bei ihrer ersten Begegnung an Aschoka den Geruch der Familie des Königs, es erkannten sich auch die beiden, der Elefant und der Manusch, über die Kluft ihrer Verschiedenartigkeiten hinweg an der Wärme und Seelenfülle des Blicks als Liebende wieder. Und obwohl Ayyeppan seit je von den Elefanten des Königs bei der Wahl seiner Pfleger der Geschmäcklerischste gewesen, ließ er sich von Aschoka schon am ersten Tag, den sie miteinander verbrachten, waschen und die Haut mit der Kokosnußschale massieren. Zur kompletten Verwunderung der Mahuts machte, bevor sie noch Aschoka in den Gebrauch der Stöcke und des Hakens eingeführt hatten, Ayyeppan Treppe für seinen neuen Freund, ohne daß dieser ihn überhaupt aufgefordert hätte dazu. Er ließ sich reiten von Aschoka und reagierte exakt auf jeden Druck, mit dem die königlich-kindlichen Zehen seinen Ohren die einzuschlagende Richtung und das Tempo anzeigten.

Ein jeglicher dieser sensationellen Fortschritte wurde unverzüglichst Bindusara gemeldet, und man fand nichts unnatürlich daran, daß Prinz Aschoka verlangte, seine Nächte nicht mehr im Harem, sondern bei Ayyeppan im Stall zubringen zu dürfen. Zwar protestierte Mitrafarnis dagegen, doch handelte sie sich dadurch nur eine sehr heftige und häßliche Aussprache mit dem König ein, der sich von ihrer Seite jede weitere Einmischung in Aschokas Erziehung aufs strengste verbat. Sie hätte, so warf Bindusara ihr vor, wo er nicht beizeiten das Heft in seine Hände genommen, einen Mönch aus dem Maurya-Helden gemacht, um die künftigen

Generationen der Dynastie hinter Klostermauern zu sperren und den Fremdlingen neuerlich die Tore Jambudvipas zu öffnen. Da erboste sich die Königin wie niemals zuvor, daß er den Verdacht des Hochverrats über sie sprach, und so ungestüm jugendlich klopfte in ihr das zornige Blut, daß Bindusara auf ganz unbekannte Art erregt davon ward und sie in den Kissen des Harems zur Besänftigung brachte.

Aschoka aber hatte sein Lager im Stroh neben Ayyeppan, und hier, wo die beiden über viele und lange Nächte ungestört waren, ging das eigentliche Wunder vonstatten, nach welchem man die dickleibigen Bücher der Manuscher von ihrer sogenannten Geschichte vergeblich durchblättert. Ich weiß, liebe Aanakottaner, es klingt wie ein Märchen, und es ist schon eine Zumutung der härteren Art, wenn ich euch bitte, dem, was ich jetzt sage, euren uneingeschränkten Glauben zu spenden: Aschoka lernte von Ayyeppan die Sprache der Elefanten.

Selbst mir, der ich dies nun zum wiederholten Male vor Elefanten erzähle, wird abermals schwindlig, wenn ich bedenke, daß Aschoka, wäre er nicht gestorben, sich hier gleich mir vor euch hinstellen könnte, um euch im geläufigsten Elefantisch die Wahrheit jeder von mir berichteten Einzelheit zu bezeugen. Aber es wäre Unsinn, das Faktum in Abrede stellen zu wollen, denn es wird auch von der Tradition vieler anderer alter Elefantenfamilien bestätigt.

Von wem die Initiative ausging, ob von Ayyeppan oder Aschoka, ob man sich den späteren Cakravartin, den König der Könige und Weltbeherrscher, als den Schüler eines Elefanten vorstellen darf oder ob nicht doch umgekehrt der Lernende hauptsächlich der Unterrichtende war, darüber gehen die Meinungen weit auseinander. Man muß es sich wohl in etwa so vorstellen, daß bei Aschoka eines der inneren Organe besonders prädestiniert war zu diesem Beruf, daß er möglicherweise mit seinem Zwerchfell die von Ayyeppan ausgesandten Schwingungen auffing, denn mit ihren Öhrchen können die Manuscher, wie sie mit ihrer neuesten Wissenschaft sich selbst nachgewiesen, uns nun einmal absolut nicht vernehmen. Dann wird es sich höchstwahrscheinlich so abgespielt haben, daß Aschoka mehr zufällig ein Wort von Ayyeppan aufgeschnappt hat. Weil die kindliche Spürkraft in ihm noch ganz unzerstört lag, gleichzeitig aber Verstand und Willen bereits sehr stark entwickelt waren, mag er es fertiggebracht haben, den Sinn dieses Worts zu erfassen und, von diesem ausgehend, den eines zweiten und dritten. Dann wird er, tastend und experimentierend, versucht haben, in seinem, wie wir vermuten, dafür ganz besonders geeigneten manuscherischen Körper die entsprechenden Töne selbst zu erzeugen. Und da Ayyeppans Kopf ebenfalls nicht aus Holz oder Stroh war, so wird er ihn aus den unbeholfenen Ansätzen peu à peu dahin gebracht haben, erst Silben, dann Wörter, schließlich vollständige Sätze gemäß den Regeln zu bilden, nicht anders, als wir alle in unserer Kindheit die Sprache von unserern Müttern erlernten.

Der Mond war nach Aschokas Einzug in den Elefantenstall noch nicht zum drittenmal wiedergeboren, da unterhielten sich die beiden schon ohne Stockung und unhörbar für jeden anderen Manusch auf Elefantisch, nur gelegentlich erkundigte sich Aschoka noch nach der Bedeutung eines seltenen Ausdrucks.

Ayyeppan erzählte ihm seine Lebensgeschichte, und es konnte nicht ausbleiben, daß der Prinz über die Tragik seiner Trennung von Abramu tiefstes Mitleid empfand.

‹Ziemlich genau so alt wie du muß er sein, mein Kleiner, der jetzt vaterlos irgendwo dort draußen in der Wildnis herumstapft›, sagte Ayyeppan und hielt seine Tränen nicht mehr zurück.

‹Wir werden ihn finden›, sprach Aschoka, um Ayyeppan zu trösten. ‹Und auch die wunderschöne und herzenstreue Abramu wirst du wiedersehen, ich verspreche es dir. Nur Hoffnung mußt du haben, Ayyeppan, ein wenig Hoffnung und sehr viel Geduld, dann wird alles gut.›

Nicht leichthin hatte der Prinz dies geäußert, denn selbstverständlich hatte er Kautilyas letzte Weisung im Ohr, und nachdem er von Abramu und dem Jungelefanten gehört, war es für ihn eine Sache, die fester stand als alles sonst auf der Erde, daß, wie er Bindusaras Königssohn war, Ayyeppans Sohn sein Elefant werden mußte.

‹Glaubst du›, fragte Aschoka, als Ayyeppan sich einigermaßen beruhigt hatte und ansprechbar war, ‹du würdest ihn auf Anhieb erkennen, deinen Sohn, den mit deinem Auge zu blicken dir die grausamen Umstände bislang verwehrten?›

Da lachte Ayyeppan, eben noch zu Tode betrübt, und mußte sich schütteln.

‹Verzeih mir, Aschoka, so tadellos sprichst du inzwischen, daß ich, wenn ich die Augen schließe, es gar nicht merken könnte, daß du kein Elefant bist. Aber wenn du so etwas sagst, da zeigt es sich eben doch, daß du ein Manusch bist mit zwei Beinen und einem überschweren Kopf auf den Schultern. Ein Elefant, der seinen eigenen Sohn nicht herausriecht! Wo hätte man je dergleichen vernommen?›

‹Also gut›, gab, leicht gekränkt, darauf Prinz Aschoka zurück. ‹Um so besser wird es uns gelingen mit meinem Plan.›

Aschoka ging wieder zum König.

‹Vater, ich habe mit dir zu reden.›

So trat er auf, und Bindusara fiel vor Verblüffung das Kinn

auf die Brust. Die vierteljährige Hospitanz bei den Elefanten hatte aus dem Hätschelbuben einen derart energischen Prinzen gemacht, daß der König im Zweifel war, ob er überhaupt noch den eigenen Sohn vor sich sah. Es war eben auch Bindusara ein Manusch und kein Elefant. Kein einziger unter den Höflingen hätte es je gewagt, den König auf solch selbstbewußte Art anzusprechen, allerhöchstens Kautilya, aber der war ja nicht mehr vorhanden.

‹Mein Sohn, ich sehe dich stolz›, sprach Bindusara, als er mit der ersten Überraschung zurecht war. ‹Das freut mich. Aber wisse auch deine Grenzen. Ich bin nicht nur dein Vater, ich bin auch der König und der Beherrscher von ganz Jambudvipa.›

Aschoka lag auf der Zunge: ‹… mit Ausnahme Kalingas›, doch konnte er's unterdrücken und sagte statt dessen:

‹Du hast mir einen Elefanten versprochen und mir einzig zur Bedingung gemacht, ich solle alles erlernen, was zur Dressur der Elefanten gehört. Wohlan denn, ich habe mir dies Wissen und Können sämtlich zu eigen gemacht und geschwinder vielleicht, als es andre vermochten.›

Dies war eine bösartige Anspielung auf den älteren Bruder. Bindusara verkannte es nicht und streckte bei dieser Provokation wie zur Verteidigung unwillkürlich den Oberleib in seinem Thron.

‹Doch, doch›, meinte er ausweichend. ‹Mir wurde schon von deinen Heldentaten berichtet. Ayyeppan ist ein ganz außergewöhnliches Tier, findest du nicht? Er schaut manchmal gar so verständig, daß ich gefaßt bin, er möchte im nächsten Moment den Mund aufmachen und zu sprechen beginnen. Aber …›

Aschoka ging zu einem der Fenster des Thronsaals und wies hinaus.

‹Dort unten steht er und wartet auf mich. Komm her, Vater, und sieh ihn dir an.›

Bindusara widerstrebte es, sich von dem Kind herumkommandieren zu lassen, doch erhob er sich und schritt majestätisch zu dem Fenster hinüber. Ayyeppan schaute zu ihnen hinauf und legte zum Gruß den Rüssel an seine Stirne.

‹Nun, Vater, sag mir etwas, was Ayyeppan tun soll für dich.›

Bindusara begriff nicht recht, wie Aschoka das meinte. Eben ging einer der Beschnittenen vom Harem mit einem Korb voller Amalakafrüchte über den Hof.

‹Soll ich Ayyeppan bitten, eine von den Amalakas für dich zu holen?›

Bindusara lachte gerührt und strich Aschoka mit der Hand über das borstige, in Wirbeln nach allen Richtungen stehende blauschwarze Haar. Doch blieb ihm das Lachen im Hals stekken, als er gewahrte, wie Ayyeppan stracks auf den Korbträger zutrabte, eine der Früchte herausgriff, kehrtmachte und die Amalaka so geschickt zu ihnen hinaufschleuderte, daß Aschoka sie mühelos auffing. Bindusara hatte schon so manchen Trick von Elefanten gesehen, wohl auch zuzeiten, da er selbst Prinz gewesen und seine Tage unausgefüllt waren, diesen oder jenen Jux sich ausgedacht und mit besonders spielfreudigen Elefanten trainiert. Aber dies hier grenzte doch stark an Zauberei. Bindusara vermochte auf keine Art zu erraten, durch welches Mittel Ayyeppan erfuhr, was Aschoka von ihm verlangte. Der Bediente des Harems hatte vor Schreck seinen Korb fallen gelassen und sich aus dem Staube gemacht.

‹Kannst du ihn dazu bringen, daß er die Früchte einsammelt und zurück in den Korb legt?›

Nun hätte Aschoka in Lachen ausbrechen mögen über den

Gesichtsausdruck seines Vaters und verneigte sich ehrerbietig, um das Zucken in seinen Mundwinkeln vor ihm zu verbergen. Aschoka hätte Ayyeppan beispielsweise auch dazu auffordern können, die Amalakas für den König zu zählen, so aber nannte er ihm den eher bescheidenen Wunsch Bindusaras in einfachen, deutlichen Worten.

So scharf Bindusara Aschoka im Auge behielt, er konnte doch keine Bewegung an ihm entdecken, kein Zwinkern, kein Nicken, kein Spiel mit den Fingern, das für Ayyeppan ein Zeichen hätte sein können, dort unten, wie er tat, den Korb aufzustellen und mit dem verstreut herumliegenden Obst zu füllen. Wir verstehen, daß Bindusara die Sache mehr als unheimlich schien, aber sonderbarerweise kam er nicht einmal auf den Gedanken, Aschoka einfach danach zu fragen, was die Art seiner Verständigung mit Ayyeppan war. Es ist allerdings nicht sehr wahrscheinlich, daß Aschoka ihm in diesem Falle sein Geheimnis offenbart haben würde.

Aschoka hielt Bindusara die Amalaka entgegen.

‹Willst du sie nicht essen? Der klügste Elefant auf der Welt hat sie für dich geholt.›

‹Ja, ja›, murmelte Bindusara abwesend, zerteilte mit seinen Händen mechanisch die Frucht und gab eine der Hälften an Aschoka zurück.

Süß und köstlich zerging Aschoka das Fleisch auf der Zunge; der König hatte mit ihm die Amalaka geteilt, und es war für Aschoka nicht anders, als hätte Bindusara die Hälfte des Reiches abgetreten an ihn. Bindusara schmeckte sie bitter, und er spuckte, was er, über ganz andere Dinge nachdenkend, sich in den Mund gesteckt und gekaut hatte, zum Fenster hinaus.

‹Du hast dir deinen Elefanten redlich verdient›, sagte er dann.

Daß Aschoka seinen eigenen Elefanten bekam, mußte schon deshalb schleunigst geschehen, dachte sich Bindusara, damit er ihm nicht weiter den Ayyeppan verhexte, von dem so viel abhing für König und Staat.

‹Wir wollen gleich Kumar herbeirufen lassen, damit du dir das Tier heraussuchen kannst, das dir am besten gefällt.›

‹Nein, Vater –›

Bevor Aschoka ausreden konnte, fuhr ihm Bindusara in einem ebenso plötzlichen wie heftigen Anfall des Zorns über den Mund.

‹Das kommt überhaupt nicht in Frage! Klipp und klar. Es ist ganz ausgeschlossen, und ich will nie wieder ein Wort davon hören. Den Ayyeppan kann ich dir nicht länger lassen. Unmöglich. Ich habe Krieg zu führen, dafür bin ich schließlich da, und dabei brauche ich Ayyeppan als Leitbullen der Elefantendivision, nicht, um Amalakas in Körbe zu sammeln. Du hast mich verstanden.›

Nur für acht oder zehn Tage hätte Aschoka Ayyeppan benötigt, nur um eine kleine Exkursion in die Wälder zu unternehmen und gemeinsam mit ihm einen jungen Bullen zu fangen. Aber die Audienz war durch Bindusara unmißverständlich beendet, Aschoka mußte abziehen, ohne sein Anliegen auch nur vorgetragen zu haben. Kumar erhielt königlichen Befehl, für die strengste Separation Ayyeppans von Aschoka Sorge zu tragen.

Nun verhielt es sich aber so, daß der weitsichtige Kautilya vor seinem Tode den Schützling nicht allein mit allerlei Kniffen und mit den Regeln zur Ausführung verschiedenster diplomatischer Kunststücke gerüstet hatte, sondern es hatte der Meister des Arthaschastra bei schwindenden Lebenskräften außerdem seinen Geheimdienst instruiert, mit all seinen Möglichkeiten den Aufstieg Aschokas zu fördern und bis zur

Vollendung von dessen vierzehntem Jahr den Direktiven der Mitrafarnis zu folgen. Es war deshalb mit Hilfe der Mutter für Aschoka ein Leichtes, ausfindig zu machen, wer für Abramus Verbannung aus Pataliputra verantwortlich und auch, wohin sie verbracht worden war.

Wie innig er die Methoden seines Lehrmeisters aufgefaßt hatte, bewies Aschoka darin, wie er in einem von ihm herbeigeführten Gespräch unter vier Augen an einem verschwiegenen Orte den armen Kumar erpreßte. Mit der Drohung, die Verstöße seiner Behörde gegen die Vorschriften vor den König zu bringen, ließ sich Kumar dahin bewegen, lieber das Leben zu wagen, statt des Amtes enthoben zu werden und den Rest seiner Tage beim Bergbau zu fristen. Auf Aschokas Versprechen, mit Ayyeppan keinesfalls länger als vierzehn Tage ausbleiben zu wollen, handelte er dem ausdrücklichen Befehl des Königs zuwider, schmuggelte den obersten Staatselefanten mit dem Prinzen im Schutz der Nacht vor die Mauern der Stadt und gab ihnen die Leute, die seinerzeit Abramu fortgeschafft hatten, zu ihrem Geleit.

Ob ihnen außergewöhnliches Glück beschert oder ob Ayyeppans Instinkt tatsächlich so untrüglich war, jedenfalls hatten sie schon am dritten Tage Abramus Herde gefunden. Eine Szene überschwenglichster Wiedersehensfreuden, liebe Aanakottaner, werden die meisten von euch an dieser Stelle erwarten, aber da kennt ihr die Sitten der wildlebenden Weiberherden zuwenig. Kaum hatten sie von Ayyeppan nur die Witterung in den Rüssel bekommen, da umringten sie Abramu und Gogul wie ein schützendes Bollwerk und machten sich bereit, über Ayyeppan bei seiner Annäherung herzufallen in Formation.

‹Mit Gewalt kann es nicht gehen›, sagte Ayyeppan zu Aschoka, als sie das sahen. ‹Ich kämpfe nicht gegen Kühe.›

Aschoka bat Ayyeppan, ihn absteigen zu lassen, um selbst mit der Leitkuh zu sprechen. Diese war, nicht wenig von dem Wunder eines elefantisch sprechenden Manuschs beeindruckt, unter der Bedingung, daß sich Ayyeppan nicht nur aus dem Blickfeld, sondern ganz aus dem Dunstkreis der Herde entfernte, bereit, mit ihm zu verhandeln.

Aschoka machte ihr große Versprechungen für den Fall, daß sie sich mit der Herausgabe Goguls und Abramus einverstanden erklärte, vorausgesetzt natürlich, daß diese beiden es wünschten, mit ihm und Ayyeppan in Pataliputra in den Palast einzuziehen. Aschokas Angebot wollte die Leitkuh zuerst mit den Betroffenen im Rat der Schwestern erörtern.

Als Aschoka am nächsten Morgen zurückkam, um das Ergebnis zu hören, hieß es, daß zwar Abramu die Erinnerungen, welche sie mit Pataliputra verbinde, nach all den Jahren immer noch schmerzten, sie es sich aber dennoch vorstellen könne, sich einzulassen auf das Risiko eines zweiten Versuchs mit Ayyeppan. Gogul hingegen habe längst nicht das Alter erreicht, sich aus dem schützenden Verband der Herde zu lösen. Gegen dies Argument setzte der Prinz sein eigenes Beispiel. Er sei ja nach manuscherischen Begriffen ebenfalls noch ein Kind und dennoch selbständig genug, wichtige Verhandlungen im Staatsinteresse zu führen. Das überzeugte. Trotzdem zogen sich die Negoziationen über mehrere Tage, mit immer dreisteren Forderungen traten Goguls Tanten an Aschoka heran.

In den Rüssel mußte er's ihnen versprechen, daß er, sobald er die Königsweihe erlangt haben würde, den zehnten Teil seines Haushalts ausschließlich für elefantische Zwecke einsetzen wolle. Die Einrichtung spezieller Hospitäler, den wild lebenden gleichermaßen zugänglich wie den zivilen und den Kriegselefanten, mußte er garantieren, Futter auf Staatskosten für Alte und Gebrechliche oder sonst zum Nahrungserwerb untüchtige Wesen.

Lacht nicht, liebe Aanakottaner, ich erzähle hier keine Witze! Aschoka hat später seine Versprechen pünktlich erfüllt, wie ihr es in seinen in Felsen und in Säulen eingemeißelten Edikten nachprüfen könnt.

Als er am Ende mit Abramu und Gogul abziehen durfte, fühlte er sich zufrieden und stark wie ein Feldherr nach einem großen und entscheidenden Sieg. Nicht vierzehn Tage, wie mit Kumar vereinbart, hatte er gebraucht für seine Expedition, er war mit seiner Beute am neunten Tage zurück. Aber auch diese Frist war eine zu ausgedehnte gewesen, als daß Kumar vermocht hätte, so lange Ayyeppans Absenz zu verschleiern. Bindusara hatte, da sich Aschoka ebenfalls nirgends auffinden ließ, den Braten gerochen und den Minister der stillen Strafgewalt zugeführt.

Am liebsten wäre er mit Aschoka in derselben Weise verfahren, aber dann fand er ihn doch wieder zu jung und trotz seiner unverzeihlichen Aufsässigkeit seit neuestem ja auch, wenn man unter militärischen Gesichtspunkten schaute, in gewissem Sinn eine Hoffnung. Jedenfalls galt es, für Aschoka eine Strafe zu finden, die nicht nur empfindlich war, sondern von äußerster Härte. Das war schon zur Wiederherstellung der verletzten väterlichen Autorität mehr als geboten, und es war auch aus Gründen der Staatsräson mit Nachdruck gefordert.

Ganz abgesehen von diesen Dingen, die das persönliche Verhältnis zwischen Aschoka und Bindusara sowie dynastische Probleme angingen, hatte Aschoka aufs gröbste gegen die Elefantengesetze verstoßen. Es stellten sich nämlich bei der Untersuchung Abramus und Goguls durch die Veterinäre zwei Punkte heraus, die selbst Ayyeppan entgangen waren im Freudentaumel über die Wiedervereinigung seiner Familie. Abramu war schwanger im fünften Monat und Gogul ein Makhna. Das Einfangen von Bullen mit verkümmerten Stoßzähnen war ebenso unter Strafe gestellt wie das von trächtigen Kühen.

Aschoka wurde im Vorgebirge des Himalaya der Obhut der Mönche vom Orden des Gautama anvertraut. Bindusara hatte sich bei dieser Entscheidung mit Mitrafarnis beraten. Zwar tat sie vor dem Könige so, als wolle sie Aschoka um jeden Preis in ihrer Nähe behalten, und spielte in seinen Augen dessen Vergehen nach Kräften herunter, doch war das, wogegen sie sich zum Schein so vehement sträubte, genau das, worauf sie heimlich und geheimdienstlich hingewirkt hatte.

Um auch Ayyeppan eine Lektion zu erteilen, wurde Abramu abermals und diesmal endgültig in die Wälder geführt. Indessen wurde der Schmerz, den Ayyeppan über dies harte Urteil empfand, erheblich gelindert, als Aschoka ihm steckte, welche Entdeckung die Ärzte bei der Untersuchung an ihr gemacht.

Auch bestand Bindusara darauf, daß der kurzzahnige Schandfleck von einem Mickerelefanten – damit war Gogul gemeint – unverzüglich entfernt werde von seinem Hof. Da aber die kleine Eskorte, die Aschoka hinaufgeleiten sollte zu seinem Kloster, schon marschbereit stand, konnte es der Prinz durch Bitten und Betteln als eine letzte Vergünstigung von seinem Vater erreichen, daß Ayyeppans Sohn mit ihm hinauf zu den frommen Brüdern in die Weltabgeschiedenheit durfte.»

XIII

«Die Ereignisse des Jahrzehnts, das nun folgte, lassen sich, liebe Aanakottaner, zusammenfassen in wenigen Sätzen. Susima wurde von Bindusara zum Vizekönig von Takkasila ernannt. Das war jene Provinz, die im Nordwesten Jambudvipas an das Reich seines Großvaters mütterlicherseits, also des Seleukos Nikator, anstieß. Bindusara zog, an der Spitze des hauptsächlichsten Teils seiner bewaffneten Kräfte auf Ayyeppan reitend, in den Krieg wider Kalinga. Er blieb zehn Jahre im Feld, erlitt und verursachte große Verluste, ohne dem Feind den letzten, todbringenden Stoß zufügen zu können.

Aschoka wuchs heran in dem kühlen, zu Berechnung und Nachdenklichkeit anregenden Klima des Nordens. Durch die Mönche erfuhr er vom Leben des Erleuchteten, und sie unterwiesen ihn in der Lehre von den vier noblen Gewißheiten und von dem Heil bringenden achtspurigen Kurs.

Gautama Schakyamuni, auch Siddhartha genannt, der Buddha und Begründer des Ordens, wird von den Manuschern unter anderem in der Gestalt eines weißen Elefanten verehrt, und sie haben, selbst nachdem sie seine Anhänger unterdrückt und aus Jambudvipa vertrieben, sogar noch einmal einen sogenannten Gott aus der Taufe gehoben, der, halb Manusch, halb Elefant, als der Herr über die Hindernisse, die er hinlegen und wegnehmen kann, in reichlicher Verzerrung an den Erwachten erinnert.

Die Elefanten und der Buddha sind so einig und eins, daß ich das Aufzählen der vieltausendfachen Belege hier wohl einsparen darf; einzig ein Manusch, der noch dazu dümmer und stinkender als ein Rindviech sein müßte, könnte das übersehen. Noch heute begegnen wir nicht selten der Ansicht, nicht Aschoka, sondern Siddhartha sei der erste Manusch gewesen, der die Elefantensprache verstand, und einer der Unsrigen habe ihm seinerzeit unter dem Feigenbaum die Lehre von den vier noblen Gewißheiten in sein Öhrchen geblasen. Dem sei, wie dem sei, zum Selbstverständlichsten gehört bei uns seit Elefantengedenken, daß ein Kälbchen, bevor es noch richtig mit seinem Rüssel zuzupacken versteht, die vier noblen Gewißheiten hersagen kann.

Alles Leben ist leidvoll, das ist die erste der vier noblen Gewißheiten, die Gewißheit vom Leiden. Die zweite noble Gewißheit ist die von der Entstehung des Leidens: Die Ursache des Leidens ist unwissendes Begehren. Drittens die noble Gewißheit von der Vernichtung des Leidens, denn zu seiner Überwindung besteht eine Methode, und diese Methode, viertens, heißt der Heil bringende achtspurige Kurs.

Die einzelnen Bahnen, auf welchen der zur Erleuchtung Strebende hinschreitet, lauten der Reihe nach: die rechte Anschauung, die rechte Gesinnung, das rechte Reden, das rechte Handeln, die rechte Lebensführung, das rechte Streben, das rechte Aufmerken und die rechte Versenkung.

Es benötigt nicht mehr als den kurzen Verstand eines Kindes, um es im Kopfe aufbewahren und bei Gelegenheit herunterrattern zu können, aber – wir alle wissen davon unser Liedlein zu singen – unser Dasein insgesamt einzustellen nach diesen Gewißheiten und nach diesem Kurs, sich in jeder unvermutet auftauchenden Situation getreu den Maximen zu verhalten, das ist beileibe noch ein ganz ander Ding. Und weil solch tadelloses Benehmen, wie es der Buddha zuerst von sich selber verlangte, in den vielfältigen Abhängigkeiten, wie sie vom alltäglichen Leben in der Gesellschaft nun einmal notwendig hervorgebracht werden, sich eigentlich gar nicht verwirklichen läßt, so hatte Siddhartha sein Haus, sein Weib und seine Kinder verlassen, um auf der Wanderung nach vollkommener Erleuchtung zu suchen. Eben dies ist der Grund, warum wir männlichen Elefanten, wenn uns nicht die Manuscher zu anderem zwingen, nicht bei den Weibern und Kindern in der Herde unser Leben zubringen, sondern, allein und frei umherschweifend, bisweilen auch im Verein mit Brüdern von gleicher Gesinnung, auf achtfacher Bahn die Vernichtung des Leidens und den Ausstieg aus dem unheilvollen Kreislauf erstreben.

Aschoka gefiel nicht nur die Landschaft ausnehmend gut, in welcher der Knabe nach dem Beschluß Bindusaras heranzureifen hatte zum Mann, mit ihren liebreizenden Ausblikken über blumenbestickte Täler und mit den himmelhohen, in ewigem Schnee glänzenden Gipfeln im Rücken, er hätte sich auch keinen besseren Umgang als den der unablässig auf rechtes Reden und rechtes Handeln bedachten Mönche vorzustellen vermocht. Einer der Ihren zu werden, in der Hauslosigkeit und ohne Ansprüche an die Mitmenschen zu leben, wenn man von der Almosenschale, mit welcher sie am Vormittag die Dörfer der Umgebung durchzogen, um sie sich von einem Gebefreudigen mit Reis, Gemüse und Obst auffüllen zu lassen, einmal absehen will, das kam für Aschoka freilich nicht in Betracht. Er würde sogar mehr als irgendein Manusch Einfluß üben müssen auf das überaus zahlreiche Volk in den weiten Landen von Jambudvipa, würde an jeden einzelnen von ihnen höhere Ansprüche stellen als je ein König vor ihm, das steckte implizit in dem, was ihm von Kautilya prophezeit worden war und das zu vollbringen er die Kräfte deutlich in sich heranwachsen fühlte.

Wenn also Aschoka in keiner Stunde einem Zweifel oblag, ob er Monarch oder Mönch werden wollte, so sah er dennoch voraus und legte es schon in diesen frühen Jahren der Planung nach an, daß bei der Um- und Neugestaltung Jambudvipas, wie sie ihm vorschwebte, die Samgha, die Gemeinde derer, die bei dem Erleuchteten ihre Zuflucht genommen, ein ebenso treibender wie bewahrender Faktor sein sollte.

Es behagte ihm die Manuscherfreundlichkeit des vom Buddha empfohlenen mittleren Weges, welcher die Freundlichkeit gegen uns Elefanten und alle übrigen Wesen ausdrücklich einschloß und der Völlerei und der Verschwendungssucht ebenso abhold war wie der Selbstgeißelung und der Askese.

Gut, das war der Manusch Aschoka, sicher löblich und auch erfreulich, aber lange kein Grund, derart Aufhebens davon zu machen. Es war der Blick des künftigen Cakravartin, der darüber hinaus die Potenzen erkannte, die sich verbargen in einem Institut, wie es die Samgha darstellen mußte für den, der es verstand, sie zu entwickeln zu einem Instrument für den Staat, der nicht mehr ein Selbstzweck sein würde, sondern ebenfalls nur ein Werkzeug für das Wohlergehen der breitesten Massen.

Es hätten Aschoka ja noch andere Glaubensgemeinschaften und Sekten zur Verfügung gestanden, sie schossen damals aus Jambudvipas Erde hervor wie nach dem Regen die Pilze, von den meisten kennt man heute kaum noch den Namen. Was in Aschokas Augen den Buddha und seine Anhängerschaft auszeichnen mußte, war, daß sie sich weigerten, das System der vier Farben anzuerkennen, wonach der hellsten und angeblich edelsten Rasse, nämlich der der Brahmanen, hauptsächlich Rechte zukamen, während der untersten, dunkelsten und verachtetsten, Schudra genannt, ausschließlich Pflichten auferlegt waren. Das hing bestimmt auch damit zusammen, daß schon der Buddha selbst nicht vom Brahmanenstand war, sondern in einer Kschatriyafamilie geboren und als solcher Sproß eines Kriegergeschlechts nur zur zweitbesten Farbe gehörte. Noch geringer war die Herkunft Candraguptas gewesen. Seine Eltern waren nicht, wie er es später seinen Untertanen weiszumachen versuchte, Vaischiyas und damit zum Kaufmannsstande zu zählen, sondern ganz schlicht Schudras gewesen, wie es denn auch die tatsächlich eher schwarze als braune Haut des Herrschers mit dem klangvollen Beinamen ‹Maurya› ohne Zweideutigkeiten bezeugte.

Aschokas Haut hatte durch die Erbanteile, die er von Mitrafarnis genommen, eine sehr merkliche Aufhellung erfahren, und er hätte ohne weiteres als ein Kschatriya oder sogar als ein Brahmane mit leichter schudrischer Beimengung durchgehen können, aber als Sohn des Königs von Jambudvipa sah er wenig Veranlassung, sich seiner Abstammung wegen zu schämen. Anders ärgerte ihn, ohne daß ihn die Mönche des Buddha dazu hätten aufstacheln müssen, das blutsaugerische und anmaßende Betragen der Brahmanen, die es hatten zum Gesetz machen können, daß ein Schudra, dessen Mund einer ihrer gehüteten Zaubersprüche entfloh, dafür mit dem Tode bestraft wurde. Auf die wild sich vermehrende Schar sogenannter Götter, deren vornehmliches Merkmal, so man auf das Wort ihrer Priester, der Brahmanen, vertraute, neben ihrer Machtgier und ihrer ungezügelten Geilheit in einer jedes irdische Maß sprengenden Freßsucht bestand, glaubte Aschoka bei dem Neuaufbau seines Staates ersatzlos verzichten zu können.

Aber, wie gesagt, Aschokas Sache war nicht, sich die Kutte überzuwerfen, den Greueln der Schlachtopfer und der systematischen Ausbeutung der Massen durch die Brahmanen den Rücken zu kehren, um für sich persönlich nach Dharma und Erlösung zu suchen. Er mußte die Macht im Staate erobern, mit dem Schwert für Jambudvipa solche Fülle und Stärke erkämpfen, daß er nicht die Bösewichter und Zecken demütig anbetteln mußte, abzulassen von ihrem schädlichen Treiben, sondern daß er es von oben verordnen konnte als ein Gesetz. Der Geist des Kautilya war mit ihm, und wenn er selbst tausendmal würde sündigen müssen und Dharma verletzen, so würde er doch, im vollen Besitz der Macht und stark genug, keinen Feind auf der Welt fürchten zu müssen, Dharma millionenfach zurückspenden können.

Bindusaras glückloser Krieg mit Kalinga hatte den Staatsschatz bis auf die letzten Reserven erschöpft, die Steuerlast war für die Bauern längst untragbar geworden, und gar mancher brave Kaufmann war mit den Abgaben so sehr in Rückstand geraten, daß er als letzte noch verfügbare Ware sich selbst hergeben mußte als Sklave zur Ablösung seiner Schulden. Die Brahmanen wurden immer feister von all den Rindern, die sie in immer größerer Zahl abschlachten und Indra, dem Gott des Krieges, der offensichtlich von den Brahmanen Kalingas üppiger noch gespeist wurde, zur Bestechung anbieten mußten, um ihn endlich wieder auf Jambudvipas Seite zu locken. Die Bauern hatten keine Ochsen mehr, um Pflüge und Karren zu ziehen, aber die Priester saßen somatrunken und rülpsend in ihren Tempeln und strichen sich mit fetttriefenden Fingern die Bäuche. Und war da irgendwo noch ein Manusch halbwegs genährt und kräftig genug, selbst vor seinem Pfluge zu gehen, so holten ihn die Beamten, und er wurde nach dem Südosten gebracht, um dort in einer weiteren sinnlosen Schlacht von den Elefanten Kalingas niedergetrampelt zu werden.

Aschoka, der durch den Geheimdienst, von Kautilya eingeschworen auf ihn, in ständiger Verbindung war mit Mitrafarnis in Pataliputra, aber auch aus den Provinzen sorgfältigste Kunde von der Stimmung im Volke erhielt, wußte, daß man allerorten nach Frieden schrie und nach Erlösung, daß die große Mehrheit liebend gerne unter dem Regime der Kalinga zur Arbeit zurückgekehrt wäre, statt für Jambudvipas Endsieg zu hungern. Etwas weniger gut informiert über die Lage im Lande war in Takkasila Susima, doch hatte auch er unter seinen Spionen zuverlässige Leute genug, um sich ein annäherndes Bild machen zu können, in welcher Gefahr das Jambudvipa der Mauryas schwebte.

Es ist eigentlich schwer zu verstehen, warum Mitrafarnis den Susima so leidenschaftlich bekämpfte und ihn aufopferte für Aschoka, war doch der Ältere gleich wie der Jüngere Fleisch von ihrem Fleisch, Blut von ihrem Blut, von ihr unter demselben Herzen getragen, aus demselben Schoße geboren. Ja, im Grunde genommen schlug sogar Susima, was Statur und Gesichtsbildung betraf, weit mehr noch nach der Seite des Seleukos und nach der ihrer Mutterfamilie hin, während Aschoka heranwachsend dem Candragupta ähnlicher und ähnlicher wurde, nur daß eben seine Haut nicht gar so verbrannt wie die des Großvaters wirkte. Man muß annehmen, Mitrafarnis habe sich klargemacht, daß auf dem Thron Bindusaras Platz für beide Söhne nicht war, daß, so oder so, nur einer von ihnen das Erbe der Mauryas antreten konnte. Im Normalfall hätte Susima, um ungestört regieren zu können, Aschoka ermordet, und umgekehrt war es ihr lieber.

Wie immer man sich die Motive der Mitrafarnis vorstellen mag, als Susima in der ehrlichen Absicht, Jambudvipa vor dem Untergang zu bewahren, Fühlung mit Seleukos aufnahm, ließ sie die Nachricht auf ihrem Weg von Takkasila durch die von ihr beherrschten Kanäle hin zu Bindusara an der kalingischen Front aufbauschen und umfrisieren zur Meldung eines vom Ausland unterstützten Aufstands des Sohnes gegen den Vater. Gleichzeitig bot Aschoka sich an, für die Wiederherstellung der zerbrochenen Ordnung zu sorgen und im Kampf wider den eigenen Bruder die Revolte niederzuschlagen.

Einen einzigen General hatte Bindusara noch, der treu zu ihm stand, und mit diesem beriet er, wie zu reagieren sei auf die schreckliche Botschaft vom Verrat seines Lieblingssohnes und auf die tröstlichere von Aschokas Wunsch, sich für des Vaters Fahne in die Bresche zu werfen. Nun war des Königs Ratgeber gewiß kein Kautilya, besaß aber dennoch einen ordentlichen Schuß von Gewitztheit im Arthaschastra, und er rechnete Bindusara vor, daß er in Aschoka mit Sicherheit keinen zuverlässigeren Verbündeten hatte als in Susima. Beide Söhne streckten ihre Hand nach seiner Krone, und sein einziger Vorteil lag darin, daß sie es gleichzeitig taten. Der General schlug Bindusara vor, die Angelegenheit als eine solche zu behandeln, wie sie im Arthaschastra des Kautilya unter der Rubrik des ‹Kampfes Hund gegen Eber› vorgeführt wird. Bindusara fand, daß diese Auffassung die am meisten einleuchtende war, und folgte dem Wink, indem er sich bei Aschoka für das freundliche Anerbieten bedankte und ihm befahl, gegen Susima zu Felde zu ziehen. Ob nun der Eber den Hund oder umgekehrt der Hund den Eber besiegte, das Ergebnis würde für Bindusara in jedem Fall heißen, anstelle von zwei Feinden nur noch einen zu haben.

Was aber wollte Aschoka aufmarschieren lassen, um in Takkasila den Vizekönig zu stürzen? Sollte er die Mönche mit ihren Almosenschalen aufbieten gegen Susima? Von Bindusara bekam er nichts als den Auftrag, er stellte nicht einen einzigen Manusch zu seiner Verfügung, von Pferden, Wagen oder gar Elefanten zu schweigen.

Da mußte auch Aschoka, bevor er losschlug, erst einmal Kriegsrat abhalten, und dies geschah, wie bei seinem Vater, in einem Gespräch unter vier Augen. Aschokas Partner bei der Vorbereitung des Takkasila-Feldzugs war weder General noch Minister, aber er hatte vier Beine und einen Rüssel und hieß, ihr habt es erraten, zu dieser Zeit noch Gogul mit Namen.

Gogul war damals gerade sechzehn Jahre alt geworden, genau wie der Prinz, und obwohl von seinen Stoßzähnen kaum etwas zu sehen blieb, wenn Aschoka sie mit seinen eher zarten und schmalen Händen umfaßte, ging sein Sinnen und Trachten nicht auf Seelenfrieden durch das Niedertrampeln der Begierden mit vierbeiniger Wahrheit, sondern auf Trommeln, Trompeten und Kriegsabenteuer hinaus. Er wollte sich Ruhm, nicht Ruhe erwerben, und er hatte auf diesen Moment, da Aschoka von den Meditationen und den achtfältigen Langweiligkeiten genug haben würde, um endlich zur gewaltigen Tat überzugehen, ohne die geringste Spur elefantischer Geduld seit langem gefiebert.

‹Aschoka, verlaß dich in dieser Sache völlig auf mich›, sagte er, halb opferfreudig, halb überheblich, zu seinem manuscherischen Freund. ‹Nicht umsonst bin ich der Sohn von Ayyeppan und Abramu. Die Niederschlagung des Aufstands von Takkasila wird in die Geschichte eingehen.›

Glaubt nicht, daß Gogul treuherzig war, wenn er die Formel von der Revolte, die es zu unterdrücken galt, übernahm. Er wußte genau, daß es um die Abmurksung des Kronprinzen ging. Mit der prahlerischen Behauptung, daß die Offensive, die er sich ausgedacht hatte, Geschichte machen würde, behielt Gogul recht. Wenn sie auch in den Büchern, die sich die gelehrten Manuscher zusammengeschustert, unerwähnt blieb, so ist sie doch über zweiundsiebzig Generationen getreulich von Elefantenmund zu Elefantenmund weitergereicht worden, und wenn ich sie euch heute nicht mit all ihren Einzelheiten darlege, wie sie mir auf diesem Weg bekanntgemacht wurden, sondern euch nur einen andeutenden Überblick gebe, so einzig deshalb, weil ich mit manch anderem so ausführlich war, daß mir jetzt die Zeit dazu fehlt. Aber gönnt mir noch diese eine Bemerkung, daß nämlich, wenn einst, wie ich es von ganzem Herzen ersehne, jener Tag kommen sollte, an dem wieder eine vollkommene und gleichberechtigte Verständigung stattfindet zwischen den Manuschern und uns Elefanten, daß sie dann ihre fehlerhaften Bücher werden umschreiben müssen.

In kurzen Worten also zu dem Plan, wie ihn Gogul vor den Augen Aschokas entrollte.

‹Es wird ein unbewaffnetes Heer sein, Aschoka, das du von meinem Nacken aus befehligen wirst, und es wird ausschließlich aus Kämpfern zusammengesetzt sein, die das Wort *Krieg* gar nicht verstehen. Kein nach vergorener Milch stinkender Manuscherfuß, kein klappernder Pferdehuf wird mit uns marschieren, kein Wagenrad zwischen uns knarren. Es ist die Stunde, Aschoka, dir ein Geheimnis offenzulegen, das zu hüten mir große Qualen bereitet hat, weil ich jung und von meiner Mutter Abramu her ein geborenes Plappermaul bin. Die Elefantenwelt kennt deinen Namen. Du hast mir viel von Kautilya erzählt und von seinem System der Spione, mit dessen Hilfe man Nachrichten einsammeln und ausstreuen kann. Wie es dein Ehrgeiz ist, der größte Schüler deines Gurus zu sein und mit deiner Leistung seine Kunst der Staatslenkung in den Schatten zu stellen, so habe ich in den vergangenen vier Jahren all meine Sucht nach Anerkennung darein gesetzt, einen vergleichbaren Informationsdienst unter den Elefanten zu installieren. Nun endlich hat sich, was ich mit Ungeduld herankommen sah, herausgepellt aus dem unbestimmbaren Ei, das Zukunft genannt wird, und steht unversehrt als Gegenwart vor unseren Augen. Du brauchst nur aufzusteigen und laut die Losung zu rufen, denn ob Bulle, Kuh oder Kalb, sie kennen sie alle: Wer ein Elefant ist und zu Aschoka hält, auf nach Takkasila!›

Liebe Aanakottaner, ihr möchtet Gogul, wenn ich euch seine Worte hier wiederhole, für einen Halbstarken halten und für ein Großmaul von der übelsten Sorte, aber ohne Übertreibung muß festgestellt werden, daß die Welt so etwas nicht gesehen hatte wie den Zug des Aschoka gegen Susima. Die Sonne selbst rieb sich die Augen, weil sie ihnen nicht zu glauben vermochte. Nachdem Aschoka von den Mönchen seinen Abschied genommen, wobei er ihnen den wahren Grund seines Aufbruchs verhehlte, ihnen vielmehr etwas vorflunkerte von einer plötzlichen schweren Erkrankung des Königs, weshalb dieser ihn zu sich gerufen, strömte ihnen, während sie in beschaulichem Tempo am Fuß des Himalaya der Richtung dieses Gebirgszuges folgten, der wie ein Pfeil auf ihr Ziel Takkasila hinwies, buchstäblich alles zu, was einen Rüssel im Gesicht hatte. Weiber mit Kindern zuhauf und sehr, sehr viele Makhnas, die es als besonders wohltuend empfanden, daß diese größte aller dagewesenen elefantischen Massenbewegungen von einem Kurzzahnigen angeführt wurde. Seltenheitswert dagegen besaßen unter dem, was da vom Gebirge herabstieg und von den Ufern der Ganga in ungeheuren Scharen herangeeilt kam und, ‹Auf nach Takkasila› trompetend, sich anschloß, die im besten Alter stehenden Bullen mit voll entwickelten Stößern. Die waren fast alle rekrutiert, und so sie nicht auf einer der Walstätten Kalingas bereits zu Helden geworden, stand ihnen dieses Schicksal nächstens bevor. Was jetzt noch von solchen vorhanden, waren zum Teil Pazifisten, die sich aus Überzeugung erfolgreich über mehrere Jahre dem Zugriff der Elefantenhäscher entzogen, andernteils Ausgemusterte, die mit dem Stempel ‹tükkisch› oder ‹untauglich› oder ansteckender Krankheiten halber aus dem Militärdienst entlassen worden waren und die, sobald sie durch Goguls Nachrichtensystem von dem Aufmarsch erfahren, sich sputeten, daß die Sohlen heiß wurden, um Aschokas Elefantenmacht verstärken zu können.

Neunzig Tage waren sie unterwegs, und wie bei einer Lawine nahm ihr Umfang so rasant zu, daß schon in der Mitte der ersten Woche der Ausdruck ‹Herde› als Bezeichnung nicht mehr zutreffend war. Noch bis Anfang der zweiten Woche versuchte Aschoka, die Neuzugänge zu zählen und zu verbuchen, doch als er bei zehn mal tausend angelangt war, gab er es auf und ging dazu über, im Groben zu schätzen, was aber dann auch nicht mehr hielt.

Wir werden das Verhältnis nicht sehr weit verfehlen, wenn wir annehmen wollen, daß bei ihrer Ankunft vor der Stadt Takkasila ein jeder ihrer Einwohner es zu seiner Verteidigung mit zehn bis zwölf Rüsseln hätte aufnehmen müssen. Susima hatte seine wertvollsten Spione köpfen lassen, als sie ihm gemeldet, was da in gerader Linie sich zubewegte auf seine Stadt, denn es klang so verrückt, daß ihm keine Wahl blieb, als zu vermuten, irgendeine Gegenpartei habe seine Geheimen enttarnt und gedungen, ihn mit Lügenmärchen in Panik zu setzen, um damit Fehlhandlungen im Kurzschluß bei ihm zu bewirken. Als aber die Wächter von den Türmen es riefen, weil die Staubwolke, so breit wie der Horizont, in

Sichtweite kam, da konnte er sich selbst überzeugen, daß ein Elefantenschwarm, wie eine Heuschreckenplage, es abgesehen hatte auf ihn und seine Stadt.

Er ließ die Tore schließen und von den tapfersten seiner Soldaten bewachen. Auch Vizekönig Susima hatte aus seiner Provinz hergeben müssen, was nur irgendwie entbehrlich gewesen, für Bindusara, der im fernen Südosten die besten Kräfte des Reiches von einer Niederlage in die nächste geführt. Gerade so viele Elefanten, wie ihr hier seid, hatte er zur notdürftigsten Bedeckung seiner Residenz festhalten können, die meisten davon so alt, daß man sie mit Brei füttern mußte, weil sie nicht einmal mehr einen Palmstrunk durchzukauen vermochten.

Der Hauspriester und was sich sonst noch an Zauberkundigen an seinem Hofe durchfraß, mußte nun in die Hände spucken, es wurden um die Wette Rinder geschlachtet, alle nur entfernt in Betracht kommenden Sprüche gemurmelt, deklamiert und gebrüllt, so daß Indra und die anderen angerufenen sogenannten Götter, wenn sie denn wirklich existiert haben würden, von dem Gezeter und dem Klamauk unweigerlich hätten taub werden müssen. Auch Susima fiel es nicht leicht, inmitten der ihren letzten Schrei ausstoßenden Stiere, der hysterisch herumzaubernden Priester und der hektisch hantierenden Soldaten einen Rest kühlen Kopfs zu bewahren. Seine greisen Elefanten ließ er am Südtor postieren, die Reiterei stellte er vorsichtshalber beim Nordtor bereit.

Nun rollte aber die millionenfüßige Elefantenwalze nicht über die Stadt, stoppte vielmehr und hielt bogenschußweiten Abstand von der äußeren Mauer. Susima begriff's nicht, er sah nirgendwo eine Lanze oder ein Schwert, kein Stück von einer Rüstung, keine Fahne, keinen Manusch, nur Elefanten,

Elefanten und wieder Elefanten, ein einziges Meer grauer Köpfe und grauer Rücken, so weit sein Auge nur reichte.

Was wollten alle diese Elefanten von ihm? Susima überschlug, wie lange seine Vorräte zur Bewirtung der ungebetenen Gäste hinreichen könnten, und errechnete einen Zeitraum von wenigen Stunden. Jetzt sah er, wie zwei Flügel gleich den Scheren des Krebses sich vorschoben, um im weiten Kreis die Stadt zu umschließen. Noch hatte er die Chance, sich auf eins seiner fliegenden Rosse zu schwingen und mit einer Hand voll seiner Getreusten die Flucht zu versuchen, doch entschied Susima sich anders, und es war mehr eine Intuition denn ein Kalkül, was ihn zu dieser Kühnheit bewegte.

Er gab den Befehl, die am Südtor wartenden Elefanten allen Geschirrs und Zaumzeugs, allen Panzers aus Leder und aus Metall, allen Schmucks zu entkleiden. Als dies geschehen, bestieg er selbst Vamanan, seinen vizeköniglichen Leibelefanten, ließ aber die Mahuts zurückbleiben, die restlichen sollten wie die Kumkies bei der Elefantenjagd hinter ihm gehen. So kam er mit seinen sechzig altersschwachen Rüsseln vors Tor, Aschoka erkannte ihn gleich.

Derweil sie so, äußerst bedächtig, mit zitternden Knien, dicht gedrängt und ängstlich den Nebenelefanten suchend, voranschritten, löste sich, was ein Einfall Goguls gewesen, wie aus der himmelfüllenden, schwarzgrauen Monsunwolke, die noch nicht platzen will, einzelne Tropfen es tun, hier und dort einer ab aus der unüberschaubaren Masse von Aschokas Elefanten und trat aus der ersten Linie hervor. Das waren besonders attraktive und leichtfertige Jungkühe, die Gogul ausgesucht hatte, und sie tänzelten jetzt mit klimpernden Wimpern von allen Seiten auf die sehr angenehm überraschten Senioren hinter Vamanan zu. Der vizekönigliche Leibelefant hätte selbst liebend gerne seine Blicke hierhin und dorthin geworfen und mit dem Rüssel nach den Parfums der verführerischen Weiblichkeiten geforscht, aber Susima zog ihn mit den Füßen stramm an den Ohren.

Da saß nun Susima auf halbem Wege zwischen seiner Stadt und den unbegreiflichen Feinden allein auf seinem Elefanten und konnte nicht vor und nicht zurück. Es öffnete sich vor ihm, ohne daß ein Stecken oder Stab im Spiele gewesen, das weite Meer der Elefanten, und aus der breiten Gasse ritt ihm Aschoka auf Gogul entgegen.

Gogul sagte beim Herankommen zu Vamanan ein paar freundliche Worte, und zur Begrüßung und zum Zeichen der beiderseitigen Friedfertigkeit schüttelten sie einander die Rüssel. Susima und Aschoka sprachen nicht miteinander, sie saßen dort oben hinter den Köpfen ihrer Elefanten – Susima ein gutes Stück höher, denn Gogul war ja noch nicht zu seiner vollen Größe gewachsen –, und blickten einander mit stummem Ernst in die Augen.

Nicht der ‹Freundlichblickende›, wie er sich später auf seinen in Stein gehauenen Kundgebungen nannte, war Aschoka jetzt. Ganz mitleidlos und mit einem Interesse, in dem kaum noch Persönliches lag, beobachtete er, wie Susima sein Ende hinnehmen würde. Und wie ein guter Verlierer beim Würfelspiel enthielt sich Susima jeder Äußerung eines Gefühls, sprach kein Wort, versuchte nicht einmal, durch einen Blick den Bruder um Gnade zu bitten.

Möglichst sachlich und knapp gab Gogul Vamanan einige Erklärungen zum Grund ihres Kommens, und da der Angesprochene einsehen mußte, daß von den beiden Königssöhnen nur einer fortleben durfte, setzte er sich, daß Gogul Susima bequem mit dem Rüssel aufheben konnte. Noch einmal hielt Gogul Aschoka seinen Bruder vor das Gesicht, und obwohl dies alles längst zwischen ihnen verabredet war, stellte er, um auch der Form zu genügen, die Frage:

‹Was, Aschoka, soll mit Susima geschehen?›

‹Du sollst ihn töten.›

Liebe Freundinnen, liebe Freunde, ich weiß, daß es unpassend klingt, und wäre hier ein Manusch zugegen, der außerdem wie dazumal Aschoka unsere Sprache verstünde, er müßte wohl ein bißchen schockiert sein, wenn ich sage, daß Gogul die Tötung Susimas mit Behutsamkeit und Zartgefühl vornahm. Dazu hatte Aschoka ihn mit Nachdruck ermahnt, daß er Susima nicht quälte und zur Unkenntlichkeit stampfte, daß er ihn nur am Boden festhielt mit einem Fuß, mit dem Rüssel zupackte an dessen Hals, um mit einem kurzen Ruck das Genick zu zerbrechen.»

XIV

«Aschoka empfand große Reue über die Hinrichtung seines Bruders, und da er einem bei den Manuschern, nicht so sehr in Bhaarat, aber in den Ländern des fernen Westens bis heute weitverbreitetem Glauben anhing, daß nämlich bei einer gewaltsamen Tötung die Seele des Getöteten übergeht auf denjenigen, der ihn tötet, trug Gogul von Stund an den Namen Susimas.

Es wäre jetzt ein wenig mißverständlich, würde ich sagen: ‹Und Aschoka behandelte ihn fortan wie seinen Bruder›, aber er lud auf Susima, den Elefanten, die gütige Liebe über und den Respekt, welche er Susima, dem Manusch, schuldig geblieben. Da aber die Seele nicht etwas so ganz und gar Eigenes ist, wie vielerorten behauptet, sondern zum größten Teil von denen, die mit uns leben, geprägt wird, so entwickelte sich zwischen Susima, dem Elefanten, und Aschoka, dem Manusch, mit den Jahren tatsächlich eine Art von Verhältnis, wie es sonst, und auch das relativ selten, nur zwischen Söhnen derselben Mutter und desselben Vaters entsteht.

Aschoka, der sich späterhin zu den Lehren des Buddha nicht nur im stillen bekannte, sondern so öffentlich, daß er diese Confessio mit seinen Edikten in Fels meißeln ließ, befand sich übrigens, was ich en passant denn doch anmerken möchte, mit seiner Auffassung von der Seele in eklatantem Widerspruch zum Denksystem der vier noblen Gewißheiten und des Heil bringenden achtspurigen Kurses. Weil, wie soeben erwähnt, die Seele nichts aus sich Bestehendes ist, sondern etwas durch äußere Zufälligkeiten Geformtes, so gehörte sie für den Buddha zu dem Unwahren, welches mit der Erleuchtung abgelegt wird.

Die Frage war nun die, was Susima und Aschoka anfangen sollten nach der erfolgreichen Niederschlagung der Revolte von Takkasila, unter welcher euphemistischen Bezeichnung der Einmarsch der Elefanten und die Beseitigung des Vizekönigs reportiert wurden nach Pataliputra, um von dort weiterberichtet zu werden nach Kalinga an Bindusara. Aschoka plädierte dafür, mit der gesamten elefantischen Volksarmee nach Kalinga zu ziehen, um dort für Jambudvipa den Krieg zu entscheiden. Susima war anderer Meinung.

Zwar sei noch nie auf der Welt eine solche Menge von Elefanten auf einem Haufen gewesen, aber von einer Armee sei doch dabei höchstens in einem übertragenen Sinne zu sprechen. In Kalinga würde man es mit geschulten und kampferprobten Killern zu tun haben, die sich durch ein paar mit dem Hintern wackelnde Schönheiten nicht von der Treue zu ihren Manuschern würden abbringen lassen, zumal ja schon seit sehr langer Zeit das Kriegsglück beständig auf ihrer Seite gewesen.

Diese Gründe, die Susima ihm darlegte, mußte Aschoka einleuchtend finden, und es waren da weiter Gedanken aus dem Geist des Kautilya, die, was Kalinga anging, zur Zurückhaltung mahnten. Für sich und nicht für Bindusara wollte Aschoka Kalinga erobern.

‹Und bedenke›, sagte Susima zu ihm, ‹möglich ist es immerhin, daß dein Vater auf diesem Wege oder auf jenem doch noch erfährt, wie es in Wirklichkeit zugegangen ist in Takkasila und welcher von seinen beiden Söhnen in Wahrheit der Aufständische war. Und, Aschoka, dessen sei dir bewußt, solltest du von mir verlangen, auch noch Bindusara zu töten, so müßte ich mir's schwer überlegen, denn ich glaube kaum, daß die Elefanten in ihrer Masse dafür das nötige Verständnis aufbringen würden. Gehen wir aber nach Pataliputra fürs erste und überlassen wir Bindusara seinem Schicksal bei den Kalinga, so ist es mehr als wahrscheinlich, daß du den Thron von ihm erbst, denn wenn er nicht auf dem Schlachtfelde stirbt, so wird er nächstens von seinen meuternden Offizieren gemeuchelt.

Wiederhole nicht seinen Fehler, sondern nimm dir fünf, nimm dir zehn Jahre Zeit, bis du eine vollkommen neue Armee aufgebaut hast, mit der du die Kalinga im ersten Anlauf bezwingst. Derweil festige deine Herrschaft in allen eroberten Landen und schaffe einen Apparat von Beamten, den du streng kontrollierst. Das Mittel dazu hat dir Kautilya in die Hände gegeben. Und entwickle daneben die Samgha des Buddha zu einem unabhängigen, zusätzlichen Organ deiner Aufsicht über das Volk und den Staat.

Was die Elefanten betrifft, so rechne auf mich. Wenn irgendwo in den vier Himmelsgegenden ein Elefant etwas Abfälliges über dich spricht, und sei es auch nur eine ungebildete Kuh, die sich bei einer Freundin verplappert, so sollst du es noch am selben Tage erfahren. Ich will auch sorgen, daß wir in Kalinga die Elefanten unterwandern und sie mit allen Mitteln zu begeistern versuchen für Aschoka, den Manusch, der unsere Sprache nicht nur versteht, sondern auch spricht. Derweil wir sie herüberlocken auf diese Weise in unser Netz, wird für die, die nicht auf uns hören und für unsere ehrlichen Versprechen nicht zugänglich sind, in aller Ruhe eine Waffe geschmiedet, wie es sie in solcher Fürchterlichkeit noch nicht gab. Denn all dies Beschämende mit Elefantenjägern und Kumkies, mit Fallgruben und Stricken haben wir nicht mehr nötig, seit durch dich Manuscher und Elefanten zu einer Familie gehören. In Zukunft werden die kräftigsten und kampftüchtigsten Bullen, sobald sie das sechzehnte Jahr ihres Lebens vollendet, sich freiwillig melden und einrücken in die Kasernen von Pataliputra oder in diejenige, die du ihnen nach deinem Gutdünken bestimmst.›»

XV

Die Haut der Elefanten im Aanakotta wurde überzogen von einem zarten Rosa, denn das Gestirn der Gestirne hatte sich über den Erdenrand in den Himmel gestemmt. Einige, die, von Aschoka, Abramu, Ayyeppan und den verschiedenen Susimas träumend, sich in tiefem Schlafe gewälzt und störend in die Rede des Schwarzen Makhnas hineingeschnarcht hatten, wurden nun wieder munter und erhoben sich, weil es eigentlich ihre Zeit war, den Tag zu beginnen. Indessen zeigte sich noch keiner von den Mahuts, auch die zum Frühdienst eingeteilten lagen wie die übrigen mit den Kopfschmerzen von ihrem Besäufnis daheim in ihren Betten.

Es blieb also dem Schwarzen Makhna noch eine knappe Frist, um seine Erzählung zu schließen.

«Um es kurz zu sagen: Alles geschah so, wie Susima es sich ausgedacht hatte. Bindusara fiel, wie auch Ayyeppan, einer Verschwörung des Generalstabs zum Opfer. Was noch an Geld, Vorräten, Ausrüstung, Waffen, Pferden, Wagen und Elefanten in Feindesland stand, ging an Kalinga verloren, auch konnte es sein Territorium auf Kosten Jambudvipas erweitern.

Aschoka hatte von der ersten Sekunde, da die Königswürde vom Vater auf ihn übergegangen, einen erbarmungslosen Bürgerkrieg im eigenen Lande zu fechten. Es war die Periode, in welcher er sich den Beinamen ‹der Wilde›, ‹Candaschoka›, erwarb. Jeden Morgen, wenn er sich von seinem Lager erhob, bedachte er die Formel, die Kautilya ihm eingeprägt hatte: Artha-Kama-Dharma. Doch war es der erste Punkt auf seiner Agenda, vor dem Frühstück noch der täglichen Exekution der überführten Verräter und Aufwiegler beizuwohnen und sorgfältig darüber zu wachen, daß nicht einer der Staatsfeinde mit dem Leben davonkam. Candaschoka. Als es den Saboteuren gelungen, die Frauen seines Harems für ihre Ränke zu brauchen, als sie die Königinmutter mit einer vergifteten Mango um den Genuß ihrer alten Tage gebracht, da zögerte er nicht, die 124 Freudendamen samt und sonders auf einen großen Scheiterhaufen legen zu lassen, und er setzte ihn eigenhändig in Brand. Anschließend ließ er Feuerwerk abfakkeln, Gaukler und Musikanten auftreten. Candaschoka.

In Kalinga war man sehr sorglos zu dieser Zeit und vernachlässigte das Kriegshandwerk und die Rüstung. Man lebte in der Überzeugung, daß Jambudvipa ohne sonderliches Zutun an sich selbst zugrunde gehen würde, und wandte die Aufmerksamkeit wieder verstärkt dem Schiffbau und dem Seehandel zu. Das war ein Fehler. Das Chaos in den Provinzen, der Terror, der vom Palast ausging, das blinde Wüten des Candaschoka, dies Bild, wie Jambudvipa es in diesen Jahren dem Ausland darbot, das war ein Schein, und der Schein, ich sagte es bereits, hat vorzüglich die Eigenschaft, daß er trügt.

Hätten die Kalinga das Arthaschastra des Kautilya gekannt, dann hätten sie vielleicht geahnt, was Candaschoka, im Blute watend und mit äußerster Härte durchgreifend, betrieb. ‹Die Säuberung von den Dornen›, so lautet in der politischen Lehre des Kautilya die Überschrift für das Programm, das von Candaschoka jetzt ohne jeden Kompromiß von der Hauptstadt aus bis an jeden Punkt seiner Grenze durchgesetzt wurde. Das war Vorbereitung, noch nicht unmittelbar für Dharma, aber für den Sieg über Kalinga.

Auf den Tag genau zehn Jahre waren vergangen, seit aus Gogul Susima geworden, und genau wie dieser geweissagt hatte, besaß Jambudvipa eine Armee, welcher Kalinga zwar allerhand und allerrüssel entgegenzustellen vermochte, die aber doch in ihrer Gesamtheit wie hinsichtlich jedes einzelnen ihrer Faktoren eine Überlegenheit von solcher Deutlichkeit aufwies, daß die Wissenschaft von der Staatsklugheit es verbot, länger mit dem Angriff zu warten. Nun war es Susima, der drängte, die Elefanten und die übrigen Truppen in Bewegung zu setzen; Aschoka hätte, wäre es nach ihm gegangen, den Überfall auf Kalinga lieber noch um ein oder zwei Jahre verschoben.

Doch stellte Aschoka nach langer Beratung mit Susima und seinen neuen Ministern und Generälen seine Bedenken zurück, und Kalinga wurde mit einem Krieg überzogen, wie ihn die schlimmsten Alpträume nicht hätten ausmalen können. Liebe Aanakottaner, ich sehe, ihr werdet unruhig und schielt nach dem Tor, ob nicht eure Mahuts kommen wollen, um euch die Frühstücksration zu servieren. Nicht von mir werdet ihr deshalb die Beschreibung des Kalingakrieges mit all seinen Bewegungen, Listen und Schlachten vernehmen. Aschoka hat er zum unumschränkten Herrscher in Jambudvipa gemacht. Doch wollte er nicht, daß die Nachwelt ihm diesen Sieg zum Ruhme anrechne.

Mit seinen eigenen Worten will ich euch mitteilen, wie Aschoka, der seine Wildheit und den entsprechenden Beinamen ablegte und Dharmaschoka wurde fortan, im nachhinein über die Erfahrung des Kalingakrieges dachte und fühlte. Ich verlange dabei durchaus nicht von euch, daß ihr euch auf die Treue der Überlieferung in meiner Familie verlaßt. Würde euch die Tempelverwaltung einmal ein paar Wochen Ferien gönnen, und ihr nutztet diese Gelegenheit zu einer kleinen Bildungsreise durchs Land, so könntet ihr's an verschiedenen Stätten mit eigenen Augen sehen und von Felsen und Steinsäulen Aschokas Gedanken ablesen, die er dort Wort für Wort einmeißeln ließ.

Solche Art, sich dem Volk bekanntzumachen, war ein Brauch der Herrscher des Reiches, dem seine Mutter entstammte, und Mitrafarnis hatte Aschoka in seiner Kindheit davon erzählt. Es war aber doch ganz etwas anderes, was er daraus machte, denn Aschoka sprach in seinen Felsen und Säulenedikten nicht wie jene von seiner Machtfülle und seiner persönlichen Vollkommenheit, vielmehr bekannte er offen seine Fehler und ließ teilhaben an seinem Streben, besser und besser zu werden. Hört selbst:

‹Als er acht Jahre zum König von Jambudvipa gesalbt war, eroberte der Götterliebling Kalinga. Hundertfünfzigtausend Manuscher wurden gewaltsam aus ihrer Heimat verschleppt und deportiert an verstreute, fernliegende Plätze. Hunderttausend wurden getötet im Kampf, und viermal hunderttausend starben an den Folgen des Krieges. Da dies geschehen ist und Kalinga einverleibt wurde dem Reich, ist alles Handeln des Götterlieblings auf Dharma gerichtet. Dharma begehren für sich, Dharma lehren dem Volk, das ist die Reue des Götterlieblings um Kalingas Eroberung. Denn wo ein Land, das unabhängig und frei war, erobert wird, was da vorkommt an Metzeleien, Tod und Verschleppung, das dünkt den Götterliebling schmerzensreich und kummervoll, und es wiegt schwer auf seinem Gewissen. Was aber noch peinigender ist und den Götterliebling über dies hinaus quält und bedrückt, ist, daß dies Elend des Krieges alle Bewohner des eroberten Landes ohne Verschonung betrifft, auch wenn sie Brahmanen sind oder Asketen oder Haushaltsvorsteher, welche die Tugenden pflegen, welche Gehorsam üben gegen die

Oberen, gegen Vater und Mutter, gegen Ehrwürdige, welche sich geziemend betragen gegen Freunde, Bekannte, Kollegen, Verwandte, Sklaven und Diener, daß auch diese geschlagen werden von der Gewalt und dem Morden, von dem Fortgerissenwerden aus dem Kreis ihrer Lieben. Und solche selbst, die das Glück hatten, beizeiten entfliehen zu können, und ihr Gemüt rein zu erhalten vermochten von der Verrohung des Lebens und der Gefühle unter der Bedingung des Krieges, auch sie werden affiziert von dem Elend durch das Mißgeschick ihrer Freunde, ihrer Bekannten, ihrer Kollegen, ihrer Verwandten. Dieses Hineingezogenwerden ausnahmslos aller Manuscher ins Leiden lastet dem Götterliebling schwer auf dem Herzen.

Und wenn heute auch nur der hundertste oder der tausendste Teil derer, die ermordet wurden, umkamen oder ihre Heimat verlassen mußten, als wir Kalinga erobert, solches Schicksal erlitte, so könnte der Götterliebling solche Last unmöglich tragen. So ist es des Götterlieblings Ansicht geworden, daß einem, der Unrechtes tut, vergeben werden soll, soweit die Vergebung nur irgend möglich. So bieten wir auch den wilden Stämmen in den Wäldern und in den Gebirgen, welche durch die Eroberungen zu unseren wurden, Versöhnung und Frieden, Wohlfahrt und Freuden. Aber auch spricht der Götterliebling ihnen die Warnung, denn die Reue hat ihn nicht der Mittel zur Machtausübung und zur Gewaltanwendung entblößt. Sie mögen sich beugen und sich einfügen in den weitläufigen Bau unseres Staates, denn anders entgehen sie nicht der Vernichtung. Dies nämlich ist es, was vom Götterliebling allen Wesen gewünscht wird: Unverletztheit, Selbstkontrolle, Seelenfrieden und Milde. Dies ist der Sieg, wie er durch Dharma vollbracht wird, dies ist die Eroberung, wie sie durch Dharma geschieht; und nicht, was durch Waffen besiegt wird, sondern nur, was durch Dharma besiegt wird, ist wirklich besiegt, und nicht, was durch Mord, Tod und Verschleppung erobert wird, sondern nur das, was durch Dharma erobert wird, ist wirklich erobert.›

So steht es geschrieben in Stein, es sind Aschokas ureigenste Worte, und da ihr sie nun gehört habt aus meinem Munde, so werden sie, wie ich annehmen will, einen ganzen Wust von Fragen aufgerührt haben bei euch.»

Die Elefanten im Aanakotta bewegte, von wenigen Ausnahmen abgesehen, nur noch eine einzige Frage, wann nämlich endlich die Mahuts auftauchen würden, um den Futterschober zu öffnen und die Morgenration auszugeben. Aber der Schwarze Makhna ließ sich davon jetzt nicht mehr beirren. Er war einmal bis hierhin gekommen und wie ein Candaschoka wild entschlossen, seine Geschichte an den Schlußpunkt zu bringen, selbst auf die Gefahr hin, von den Elefantenhütern in Krischnas Dienst ertappt und angekettet zu werden.

«Ich will versuchen», fuhr er ungerührt fort, «euch auf diese Fragen der Reihe nach Antwort zu geben. Was, zuallererst, bezweckte Aschoka damit, daß er solche Gemütsregungen, seine neuartige Verabscheuung und Ächtung des Krieges mit der Hinwendung zu Dharma, in Stein hauen ließ?

Da war eine Ahnung in ihm, und es hatte unausgesprochen auch in den Prophezeiungen Kautilyas gelegen, daß der Dharma-Weg, den er auf dem Höhepunkt seiner Macht einschlagen würde, an seinem Ende sich als eine Sackgasse herausstellen sollte. Das hing mit seinen Söhnen zusammen, von denen er von den verschiedenen Frauen im Laufe seiner schließlich siebenunddreißig Jahre währenden Regierungszeit so viele bekam, daß er die meisten nicht mit Namen, ja eine ganze Reihe davon nicht einmal von Angesicht kannte;

die Zahl seiner Enkel war schon vor seinem Tode über tausend hinaus. Nicht einer befand sich unter all diesen, dem Aschoka eine Fortführung seines Werks zugetraut hätte. So waren seine Inschriften vor allem eine Botschaft an künftige Generationen, denn unter seinen Zeitgenossen waren die Schriftkundigen sehr dünn gesät, welchem Umstand Aschoka allerdings Rechnung trug mit einer Verfügung, die jedem Einwohner Jambudvipas das Recht zugestand, sich die Kundgebungen des Königs zu der von ihm gewünschten Stunde von einer Amtsperson vorlesen lassen zu dürfen.

Auf die zweite Frage, wie sie sich euch stellen muß, warum nämlich Aschoka in dem zitierten Kalinga-Edikt und auch in Inskriptionen zu anderen Themen in der dritten Person sprach und dabei den Titel eines ‹Götterlieblings› gebrauchte, wäre zu sagen, daß Susima an dieser Formel nicht weniger Anstoß nahm als ihr und seinem manuscherischen Bruder das Unbehagen hierüber in keiner Weise verhehlte. Nach Susimas Empfinden, dem ich nach allem, was gesagt worden ist, nur auf das energischste beipflichten kann, hätte ‹Liebling der Elefanten› oder ‹Elefantenliebling› an die Stelle gehört. Dem konnte Aschoka weder im Prinzip noch im besonderen Fall widersprechen, und es kommt, zumindest nach meinem Geschmack, seine Begründung einer faulen Ausrede gleich. Es ist mir bis heute ein Rätsel, wie der große Susima, nach dem ich benannt bin, seinen Protest aufzugeben und Aschoka diese Unsauberkeit durchgehen zu lassen vermochte. Es sei eine stehende Rede und seit jeher zur Umschreibung des obersten Herrschers gebraucht, so hieß die Ausflucht, mit welcher Aschoka Susima umgarnte, das Volk, träge und schwer aus den eingefahrenen Bahnen zu lenken, sei durch Jahrhunderte daran gewöhnt.

Das war enttäuschend und paßte nicht zu dem Aschoka,

der es sich zum Ziel gesetzt, im Geiste des Buddha der Götzenverehrung, welche die Brahmanen so fett und dreist, Jambudvipa so schwach gemacht hatte, den Sukkurs durch den Staat zu entziehen. Aber ein Argument gab es doch, das Aschoka bringen konnte und das Susima immerhin bedenkenswert schien. Lief es denn, wenn er die Götter einfach durch die Elefanten ersetzte, nicht darauf hinaus, daß man einen Unsinn austrieb, um etwas noch weit Unsinnigeres an seine Stelle zu bringen? Es blieb bei ‹Götterliebling›, ob es Susima gefiel oder nicht.

Allerdings fügte Aschoka, da er Susima im Grunde seines Herzens recht geben mußte, ein Epitheton hinzu, das neuartig war und neben dem ‹Götterliebling›, was wirklich damals ein so abgeschliffener Ausdruck, daß er nicht sonderlich stark an die vermeintlichen Götter gemahnte, den Akzent an sich zog: der ‹Freundlichblickende›. Das mochte man wohl glauben, daß dieser Herrscher, der an allen Ecken und Enden des Landes, auf Kreuzwegen und Marktplätzen vom Stein her seine Untertanen als seine Kinder ansprach und sie zu Tugendhaftigkeit und sittlichem Streben ermahnte, der ‹Freundlichblickende› war. Als aber Aschoka im zehnten Jahr seiner Regierung den Einfall hatte, einen alten Brauch aufzunehmen und ihm eine neue Bedeutung zu leihen, indem er statt der üblichen Ausflüge der Könige vom Palast in die Provinzen mit großangelegten Treibjagden und prunkenden Festivitäten, wie man sie noch unter Candragupta und Bindusara gekannt, für sich und den Hofstaat eine Pilgerreise anordnete zu dem Baum, unter welchem der Buddha seine Erleuchtung gehabt, da sah man ihn von Angesicht, wenn er in den Dörfern und Städten in eigener Person Dharma predigte, und von einer außergewöhnlichen Freundlichkeit in seinem Blick war nichts zu entdecken. Nein, der ‹Freundlichblickende›, damit war

Susima gemeint, denn er hatte vor Aschoka die Reue über Kalinga empfunden. Sicher hatten für den Anschluß Kalingas ans Reich eine halbe Million Manuscher mit ihrem Leben gezahlt. Wo aber blieb die Erwähnung der zahllosen Elefanten, die in den Tod geschickt wurden?

Susima, nicht Aschoka hatte als erster eingesehen, daß der Tribut zu hoch gewesen, den man entrichtet, um in ganz Jambudvipa den Weg zu bahnen für Dharma, daß selbst der hundertste oder der tausendste Teil, wie es hieß, in keinem Verhältnis hätte stehen können zu dem Ergebnis. Und an denen, die überlebt hatten, war vielleicht der Schaden am größten, weil der Krieg die ehemals gutmütigsten und duldsamsten Wesen verwandelt hatte in blutrünstige Bestien, tapfere, untadelige Soldaten in Marodeure ohne Pardon und Gewissen. Man brauchte nur irgendeinem Elefanten ins Auge zu schauen, um erkennen zu können, was der Krieg angerichtet hatte in ihnen. Da war nicht mehr das grenzenlose Wohlwollen, dieses Durch-und-durch-einverstanden-sein mit sich und der Schöpfung, das jedes Wesen, ob Maus oder Manusch, Kolibri oder Krokodil, mit heiterer Selbstzufriedenheit angefüllt hatte bis auf den Grund seiner Seele, wo immer es dem Blick eines Elefanten begegnet. Nach Aschokas Krieg mit Kalinga stand in den Augen unserer Vorfahren nichts mehr als Angst, Tücke und Terror.

Ausgenommen von dieser Regel war einzig Susima. Sein Auge schaute sanft und vergebend, obwohl es mehr, sehr viel mehr als andere von den Grausamkeiten gesehen. Von vielen Elefanten, die Susima gekannt haben und sehr verzweifelt waren zu dieser Zeit, wird es berichtet, daß dieser Blick wie ein Wunderheilmittel Konsolation zu spenden und den zerbrochenen Geist aufzurichten vermochte.

Unmißverständlich hatte Susima es Aschoka zur Kenntnis

gegeben, daß er sich diesem Töten – gleich, ob es vom manuscherischen Standpunkt nun für sinnlos erachtet wurde oder für sinnvoll –, daß er sich dieser systematischen Verbreitung von Schrecken und Jammer nie wieder zur Verfügung stellen würde, und er hatte hierbei stellvertretend für alle Elefanten gesprochen. Die Eroberung Kalingas mußte Aschoka als seine unwiderruflich letzte betrachten, bei einem weiteren Angriff auf einen Nachbarn würden die Elefanten ihm nicht mehr beigestanden, sich sogar, wo er es versuchte, gegen ihn gestellt haben. Die Länder des Südens, das der Keralaputras, der Satiyaputras, der Colas, der Pandyas und auch Lanka, die nahe dem Festland gelegene Insel, alle diese mußte Aschoka verschonen. Es wimmelte dort von Elefanten, und wenn er seinen Eroberungsdrang dennoch zu stillen verlangte, so wies ihn Susima auf Dharma als dem einzig zugelassenen Mittel zu diesem Zweck.

Damit, liebe Aanakottaner, habt ihr es vernommen aus meinem Munde, wie sie wirklich stattfand, die Bekehrung des Candaschoka, seine Läuterung zum Dharmaschoka, die Besänftigung des Grausamen. Von uns hat er es gelernt, daß man stark sein kann und zugleich sanft, groß und doch gütig.»

XVI

«**Wenn man den** Büchern der Manuscher von ihrer sogenannten Geschichte in einem Punkt recht geben darf, so in diesem, daß die Regierung im Zeichen von Dharma, nach Beendigung des Kalingakriegs praktiziert vom ‹Götterliebling› Aschoka und vom ‹Freundlichblickenden› Susima, eine glückbringende war, wie sie niemals auf diesem Subkontinent stattgehabt hat, und zwar nicht nur für Manuscher und Elefanten, sondern auch für alle übrigen Wesen, denn dem Töten wurde ganz allgemein Einhalt geboten. Aschoka hat selbst in einem seiner Edikte eine vorsichtige Bilanz ihres gemeinsamen Erfolges gezogen. Liebe Aanakottaner, bevor ich scheide, weil mich euer Hunger vertreibt und mein Hunger nach Dharma und Dharma-Betätigung mich zu ferneren Zielen hinzieht, laßt mich euch diese Stelle zitieren:

‹In der Vergangenheit wuchs ständig das Töten und das Verletzen lebender Wesen, sank unablässig der Respekt gegen die Nahestehenden und gegen die Manuscher von untadeligem Wandel. Heute aber, durch die Betätigung und Verwirklichung von Dharma durch den Götterliebling und den Freundlichblickenden, ist aus dem schreckenkündenden Schall der Kriegstrommel der freudenkündende Schall der Dharmatrommel geworden. Bunt geschmückt und mit Glokken behangen ziehen die Elefanten an uns vorüber in den Paraden, dazu Feuerspiele und Vorführung himmelsprächtiger Wagen zur Beglückung des Auges, das beglückt auch die Herzen, denn für immer sind diese ihrem vormaligen Zweck im Kriege entbunden. Durch des Götterlieblings und des Freundlichblickenden Unterweisung sind, wie seit Jahrhunderten nicht, das Abstehen vom Töten, die Geziemendheit im Betragen gegen die Nahestehenden und gegen die Manuscher von untadeligem Wandel gestiegen. Diese und viele andere Formen der Betätigung von Dharma sind gewachsen und werden weiterhin wachsen.›

Und sie wären gewachsen und immer gewachsen, wäre nicht im einunddreißigsten Jahr von Aschokas glorreicher Regierung Susima gestorben. Da war keine vergiftete Frucht, keine Fallgrube, kein sonstiger Anschlag im Spiel, wenn auch, was Aschoka in seinem Edikte verschwiegen, nicht nur Dharma-Betätigung und Dharma-Verwirklichung, sondern auch die Opposition der Brahmanen und Kschatriyas gegen die Abschaffung der Schlachtopfer, den sozialen Aufstieg der Kaufleute, Handwerker und Bauern, die Zulassung von Frauen zum Orden des Buddha und gegen manch andere Neuerung in starkem Anwachsen begriffen war. Susima und Aschoka waren ganz einfach in die Jahre gekommen. Eben wurde mit der Vorbereitung der Feierlichkeiten zu Aschokas sechzigstem Geburtstag begonnen, als Susima erkrankte.

Natürlich wurden alle Künste des Ayurveda an ihm probiert, aber keine der Arzneien war in der Lage, Susimas schweren Körper wieder auf die Säulen seiner Beine zu heben. Der Kreis seiner Lebensbahn war durchschritten. Liegend dämmerte er noch einige Wochen in seinem Stall vor sich hin, bis das Licht in seinem freundlichblickenden Auge erlosch.

Aschoka sagte die Schauspiele und Feste zur Feier seines Geburtstages ab. Er begab sich zu dem Kloster, wo er mit Susima die unbeschwerten Tage seiner Jugend verbracht, und überließ die Regierungsgeschäfte dem Kollegium seiner Minister. Ein volles Jahr hielt er sich auf dort im Gebirge, und als er nach Pataliputra zurückkam, da erkannten ihn seine Höflinge zuerst gar nicht wieder. Wie ein Asket war er abgemagert, sein bürstenstarkes Haar war ihm ausgegangen, sein Bart hing lang und war weiß wie der Schnee der Himalayaberge geworden.

Immer wieder hatten ihm die Mönche gepredigt, wie sinnlos es sei, um den Tod eines geliebten Wesens zu trauern, aber das war nicht in ihn gedrungen. Das Bild von der vergänglichen körperlichen Hülle, die man ablegt wie ein unbrauchbar gewordenes Kleid, hatte ihn, je öfter es ihm wiederholt worden war, nur immer verbitterter und unglücklicher gemacht, denn an die Reinkarnation hatte er schon als Kind nicht geglaubt, und es ärgerte ihn, daß die Lehren des Buddha verquickt wurden mit denen vom Karma und von der Wiedergeburt.

Während des ganzen Jahres im Kloster hatte er nicht einen einzigen Elefanten gesehen, und es war sein erster Weg im Palast der zu den Ställen. Der Anblick der Elefanten brachte für einen Augenblick die Freude zurück in sein Herz, aber als er sie ansprechen wollte, da reagierten sie nicht. Sie schauten ihn verständnislos an und kauten stumm auf ihrem Futter. Aschoka hatte die Sprache der Elefanten verlernt, ja er hörte sie nicht einmal mehr. Wenn er ihnen in manuscherischer Sprache etwas befahl, dann gehorchten sie wohl, aber das hatte doch nichts mit gegenseitigem Verständnis zu tun.

Aschoka war des Lebens müde und fühlte in sich nicht mehr die Kraft, die Ansprüche zu erfüllen, wie er sie einst an sich selber gestellt und landauf, landab hatte in Stein meißeln lassen.

‹… diese Dharma-Schrift wurde gegeben, daß dies unvergänglich werde, daß meine Söhne und Enkel nicht nachlassen, daß Wohlergehen sei an jedem Platz dieser Erde, und unmöglich ist das zu erreichen außer mit letzter, immerwährender Anstrengung, dem Hergeben aller Kräfte ununterbrochen für Dharma …›

Aschoka erkannte sich nicht als den Autor, als er das las.

Ein wenig Trost fand er in seinem Harem. Eine junge Frau, kaum über zwanzig, die Aschoka kennengelernt, als er einmal die Mönche auf ihrem Gang mit der Almosenschale in eines der Dörfer beim Kloster begleitet, und die sich für ihn interessiert hatte, ohne zu wissen, daß er der ‹Götterliebling› war, König von Jambudvipa, Bezwinger Kalingas und Wegbereiter für Dharma, sie hatte in der Asche seines Herzens ein Fünkchen Glut zu entfachen vermocht. Sie hieß Tisyaraksita, und Aschoka hatte sich einige Male mit ihr getroffen und ihr von Dharma gesprochen, bevor er sich ihr entdeckte und sie heiratete als seine siebenundvierzigste Frau.

Er ging oft zu ihr in den Harem, genoß ihre Wärme, die glatte, straff gespannte Haut ihrer Jugend, die ebenmäßigen, perlweißen Zähne, den hellen Glockenklang ihres Lachens. Er kam wieder etwas zu Kräften durch sie. Sie machte sich auch nicht lustig darüber, als er ihr von seinem Verhältnis zu Susima erzählte, und erklärte ihn selbst dann noch nicht für verrückt, als er ihr enthüllte, wie er als Kind von Ayyeppan die Sprache der Elefanten gelernt, daß sie aber, seit Susima gestorben, ohne irgendeinen Rest verschwunden war aus seinen Organen und aus seinem Gedächtnis.

Aschoka wollte einen Sohn von Tisyaraksita. Er war überzeugt, daß sie endlich denjenigen Nachkommen zur Welt bringen würde, der das von ihm Begonnene über seinen Tod hinaus fortpflanzen und ausbauen konnte.

Sie kam auch nieder mit einem Jungen, und Aschokas

Hoffnungen und Projektionen machten sie zur obersten Herrin des Harems, zur einflußreichsten Frau Jambudvipas. Doch gedieh Aschokas Liebe zu Tisyaraksita nicht zur Rettung seines Heils und seines Werkes, vielmehr wurde seine Schwäche für sie zu seinem Verhängnis. Die Minister hatten seine lange Abstinenz von den Regierungsgeschäften zu ihrem eigenen Vorteil genutzt, ihre Befugnisse hierhin und dorthin gedehnt, allerlei Kanäle gegraben, in denen Geld floß, welches in den Büchern, mit denen sie Rechenschaft legten beim König, unsichtbar blieb.

Tisyaraksita sprach zu Aschoka immer sehr gut von diesen Ministern, denn sie steckte mit ihnen heimlich im Bunde, und so wurde, wenn irgendwann einmal bei ihm ein Verdacht sich erhob, derselbe sogleich sehr wirksam von ihr beschwichtigt. Es gingen aber auch die Minister bei ihrem Treiben mit der äußersten Vorsicht zu Werke und mit einem bewunderungswürdigen Geschick, so daß Aschoka, selbst wenn er wirklich mißtrauisch und aufmerksam gewesen wäre, es nicht vermocht hätte, ihnen auf die Schliche zu kommen.

Die Steuereinnahmen gingen zurück, die von Aschoka in sehr großem Stile angelegten Bauvorhaben des Staates gerieten ins Stocken, auch entzog sich der Geheimdienst mehr und mehr seiner Kontrolle. Was ihm blieb, war die Samgha des Buddha, die mit ihren über das Land verteilten Klöstern und den zwischen diesen wandernden Mönchen und Nonnen nicht nur wie ein zweiter Nachrichtendienst für ihn funktionierte, sondern woraus er auch jene Sonderbeauftragten rekrutierte, die er Mahamattas nannte. Dies war eine neue Art von Beamten, die sich Aschoka ausgedacht hatte und die er persönlich ernannte. Sie hatten die Aufgabe, über Land zu reisen, Agitation und Propaganda für Dharma zu treiben und überall nach dem Rechten zu sehen, wofür er ihnen sehr weitgehende Vollmachten erteilte. Was er durch diese von den allgemeinen Zuständen hörte, hätte alarmierend sein und ihn dazu veranlassen müssen, mit fester Hand nach dem Ruder seines schlingernden Staatsschiffs zu greifen. Alles, was er tat, war, immer größere Teile des Etats der Samgha zu schenken. Da er sich hierbei an die von ihm selbst aufgestellte Doktrin hielt, nicht eine Sekte ausschließlich, sondern alle gleichermaßen zu fördern, mußten auch die übrigen Bekenntnisgemeinschaften das Ihre erhalten. Dreißigtausend Brahmanen wurden allein in Pataliputra täglich aus der Palastküche gespeist.

Aufgehetzt von den Ministern, aber durchaus auch in ihrem eigenen Interesse, da sie nicht einsehen wollte, daß sie den Sohn Aschokas aufzog, um ihn zum König eines bettelarmen Staates zu machen, setzte Tisyaraksita alles daran, ihren bejahrten Liebhaber abzubringen von der verschwenderischen Protektion der Samgha und der übrigen Sekten. Das hörte Aschoka sich an und lächelte dazu, aber nur, um am folgenden Morgen die nächste astronomische Summe aus dem Staatsvermögen zum Kassenwart der Buddhisten bringen zu lassen.

Da sich die Dinge einmal hierhin entwickelt und auf diesen Punkt zugespitzt hatten, konnte man den Ministern eigentlich keinen Vorwurf mehr daraus machen, daß sie, um den endgültigen Staatsbankrott zu vermeiden, Aschoka zwar nicht stürzten oder umbrachten, ihn aber entmündigten und ihm jedes Mitspracherecht bei der Verwendung der eingehenden Steuern entzogen. So brachte Aschoka, der der strahlendste Herrscher Jambudvipas und vielleicht des gesamten Erdballs gewesen, die letzten Jahre seines Lebens zu als gelittener Parasit in einem abgelegenen Flügel seines Palastes, wo ihn außer Tisyaraksita und einigen wenigen Dienern niemand aufsuchen durfte.

Es war ihm noch eine großzügige Rente zugeteilt worden, damit er seine Tage wenigstens äußerlich in Bequemlichkeit enden konnte. Da er aber diese trotz der Ermahnungen Tisyaraksitas nicht für sich selber verbrauchte, sondern als eine bescheidene Spende und als ein Zeichen seiner fortdauernden Treue der Samgha zukommen ließ, so wurden ihm zu guter Letzt auch noch diese Bezüge gestrichen. Was ihm sein Diener statt dessen auf Anweisung des Ministers über die Finanzen als Unterhalt brachte auf irdenem Teller, war eine halbe Amalakafrucht.

‹Schau, was mir geblieben ist›, sagte er zu diesem Diener, der ihm voller Scham den Teller hingereicht hatte, ‹eine halbe Amalaka. Mit einer halben Amalaka hat es begonnen, mit einer halben Amalaka geht es zu Ende.›

Dann aß er sie sehr langsam, nur kleinste Stückchen nehmend und diese hingebungsvoll kauend, auf und fühlte sich beschenkt und rundum gesättigt.»

XVII

Ein lautes Klappern und eine auf das unflätigste fluchende, heiser-verrauchte menschliche Stimme wurden vom Haupttore hörbar, und wie auf Kommando drehten alle Elefanten im Aanakotta ihre Köpfe in diese Richtung. Das war Psandaran, der Obermahut, wegen der kegelförmigen Warze auf seiner Nasenspitze «Rhino» genannt. Er war aus einem unerfindlichen Grunde sehr früh und schweißgebadet in seinem Bette erwacht. Seine diversen Versuche, auf dem Bauch, auf dem Rücken oder nach einer der beiden Seiten gerollt zurückzukehren in den Bezirk der stillen Finsternis, um den Rest seines Rausches herauszuschlafen aus dem vergifteten Leib, waren gescheitert, und so hatte er in einem plötzlichen Entschluß letzteren aufgehoben vom Lager und unter die Dusche gestellt. Dann hatte er, ohne das obligatorische Täßchen Mokka getrunken zu haben, eine Rikscha bestiegen und sich zum Aanakotta hinausfahren lassen, um durch unangemeldete Stichprobe einmal zu kontrollieren, wie ernst an einem solchen Morgen nach dem allmonatlichen Besäufnis die Jungs vom Frühdienst ihre Aufgabe nahmen.

Jetzt führte er, da ja von menschlichen Wesen, wie er nicht zu Unrecht vermutet, nicht eines zugegen, dem Himmel und den darin krächzend kreisenden Krähen den ganzen Schimpfwörterreichtum des Malayalamischen vor, denn zum Überfluß hatte er sich auch noch bei dem Versuch, das große Eisentor gewaltsam zu öffnen, den Fuß eingequetscht. Von

Rausschmiß und Lohnabzug zeterte er und hob drohend die Fäuste. Dann zog er lauthals gegen die Kommunisten vom Leder und schrie ihnen mit dem Kopf im Nacken, als ob sie Kerala von dort oben aus den Wolken regierten, entgegen, sie möchten sich gefaßt darauf machen, nächstens mit ehrlicher Arbeit ihr Brot erwerben zu müssen, weil sie unmöglich die nächste Wahl überstünden. Psandaran war nämlich eingefallen, daß er niemand anders als Puthur, den Klugscheißer und Gewerkschaftsfritzen, für den Frühdienst eingeteilt hatte. Da kam er auch schon mit kleinen Augen und abstehenden Haaren herbeigeeiert auf seinem klapprigen Fahrrad mit der knirschenden, rostigen Kette.

Puthur zeigte sich von der unplanmäßigen Anwesenheit seines Vorgesetzten nicht sonderlich überrascht und lehnte auch jegliche Verantwortung ab für den geschwollenen Knöchel, den ihm Psandaran, nachdem er sich den Dhoti über die Knie gerafft, vorwurfsvoll hinhielt. Unbeeindruckt von Psandarans Auftritt stieg Puthur von seinem Rad, schob es zu seinem Platz an der Mauer, kramte den Schlüssel hervor und öffnete damit das Tor.

Humpelnd und fortgesetzt fluchend ging Psandaran Puthur doch bei der Austeilung des Futters zur Hand, auch wenn dies nun schon seit Jahrzehnten nicht mehr zu seinen Obliegenheiten gehörte. Außer den nichtrauchenden Abstinenzlern kam nicht ein einziger der Mahuts pünktlich zum Dienst, und Psandaran mischte so handfeste Drohungen wie «Nachspiel haben», «andere Saiten aufziehen» und ähnliche Redensarten in seine allgemeinen Verwünschungen ein.

Doch war zur ersten Frühstückspause die Mannschaft vollständig beisammen. Es wurde ein ganz gewöhnlicher Tag im Aanakotta zu Guruvayur; vielleicht, daß die meisten Elefanten etwas träger wirkten als sonst, irgendwie unausgeschlafen und wenn schon nicht unwillig, so doch auffällig lahm beim Gehorchen. Aber das schoben die Mahuts auf ihre eigene Unkonzentriertheit, wie man sie als Sühne für die Sünden des Vorabends wohl in den Kauf nehmen mußte.

Als Psandaran in seinem Büro von seinem Nachmittagsschläfchen erwachte, hatte er die Schlampereien beim Dienstbeginn beinahe vergessen, und da sich auch sein Fuß wieder schmerzfrei bewegte, schrieb er nach kurzem Bedenken «keine besonderen Vorkommnisse» unter den Tagesbericht.